ブラコンの姉に
もう学園で実力を隠せない
実は最強魔法士だとバレた。2
JN049486

こいつを、私の弟にする！

シリカ・カーマイン
レイラの姉。天才的な才能を有しており、強者を見ると懐に入れて可愛がりたくなる。バトルジャンキー
「あのね、姉さんがアルヴィンのことを気に入ったからと言っていくらなんでも……」

「ダメか？」

「ダメか？　の前にできないわよ……」

はぁ、と。レイラは頭を抱えてため息を吐く。

その時、わなわなと震えていたもう一人のお姉ちゃんが守るようにアルヴィンへと駆け寄って唐突に抱き締めた。

「ダ、ダメだよ!?　アルくんは、私の弟なんだから！」

「ね、姉さん……甲冑がめり込みそう……」

「めり込みそうなら大丈夫！」

「めり込み始めているッッッ!!!」

姉力勝負？
Sister vs Sister?
ダ、ダメだよ!?
アルくんは、
私の弟なんだから～！

ユーリ
アカデミーの魔法士団の副団長。明るく陽気で、シリカが戻ってくるまでのまとめ役

「え、えーっと……？」

「私はユーリ。こいつと同じ魔法士団で、現在進行形で振り回されている被害者の一人だよ。あ、ちなみに副団長の立場にいるから、そこんとこよろしく♪」

　綺麗でお茶目なウインクをするユーリ。

　着崩した制服から覗く谷間とあどけなさから早熟さを感じさせる雰囲気は余計にも色気を誘い、更にアルヴィンの胸が高鳴った。

「んで、さっさとリーゼロッテって合流しようよ、シリカ」

　年下のうぶな男の子の心情を知らないユーリはすぐにシリカへと視線を移す。

うーん、君が噂の面汚しくんかー
才能
talent

激闘

fierce battle

——しかし、そんな声を無視して……立ち上がったセシルの前へ、いつの間にか一人の少年が姿を現していた。

「躾をしてやる。それはもう、僕の大事な人達にした全てを百倍返しで」

公爵家の面汚し。一人の姉が想いを寄せる弟。

誰もが知っている共通認識の中での異端児《バケモノ》が、共通認識外の悪党に向かってゆっくりと拳を握った。

……てめぇ、姉さんにまで手を出したのか

I N D E X

My sister found out that I was actually
the strongest wizard

ブラコンの姉に実は最強魔法士だとバレた。もう学園で実力を隠せない2

楓原こうた

ファンタジア文庫

3362

口絵・本文イラスト　福きつね

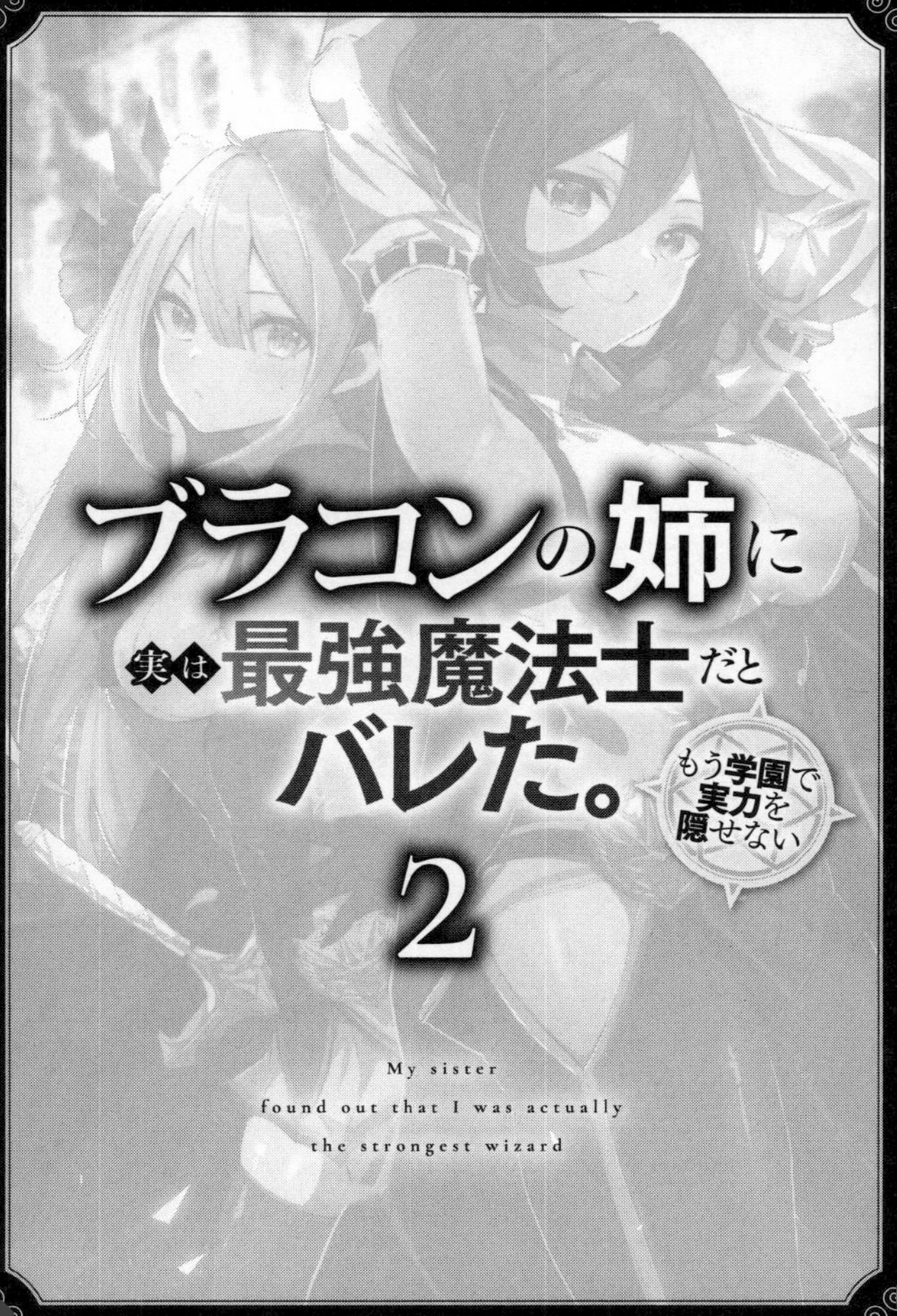
ブラコンの姉に
実は最強魔法士だと
バレた。
もう学園で実力を隠せない
2
My sister
found out that I was actually
the strongest wizard

プロローグ

別に、私に才能なんてなかったわ。

特筆すべき点なんてなかったし、誰かに褒められるような偉業を成し遂げたわけじゃない。

騎士の家系だったから騎士になろうと思った。

深い理由も信念もなかったし、才能があったから剣を握ろうとしたわけでもない。姉が魔法士だから、家系的になった方がいいかな、ぐらい。

結局のところ、私はちょっとそこら辺の人よりも剣が握れるってぐらいの女の子。その程度の人間なの。

あぁ、別に悲観しているわけじゃないわよ？

凡人でも普通の生活は送れるし、普通の生活に満足していないわけではない。

子爵家だからそこまで婚約に対して重たいものもない。逆に才能のある姉を見て、凡人でよかったなと思うぐらいだわ。

せわしなく各地を飛んでいるみたいだけど、今はどこにいるのかしら？　今度、情報でも拾っておきましょう。

凡人は凡人。

凡人が大きなことを望んではいけない。

それ以上を望めば手が届かないことに挫折し、選ぼうとしたことに後悔してしまうだろうから。

でも、いつだったかしら……あぁ、私が十一歳の頃ね。

凡人の私が、大きなものを望むようになったのは。

『お嬢様、馬車から決して出ないでください！　盗賊です！』

激しい金属音、激しい怒声、激しい悲鳴、激しく揺れる馬車。

そんな中で、ある日の私は一人で蹲《うずくま》っていた。

「い、いやっ……」

あの時の私は剣を握り始めたばかりの女の子。

当然実戦などしたことはあるわけもなく、盗賊が現れたからといって戦えるわけもなかったし、怯《おび》えるだけだった。

身を小さくして、馬車の隅っこで足を抱えて、声が聞こえないよう顔を膝に埋《うず》める。

そうすればいつか終わるから。

凡人の、凡人らしい生活に戻れるから。

だからこそ、馬車の扉が開いた時は酷《ひど》く喜んで――

『おっ⁉ 何を守ってるかと思えば、可愛《かわい》い嬢ちゃんじゃねぇか』

――酷く絶望した。

『小さな女の子っていうのは高く売れるからなぁ。こりゃ、いい拾いもんしたかもしれねえぜ！』

現れたのは見慣れた護衛の人なんかじゃなく、見慣れない野蛮そうな男。

ただ家に帰るまでの距離で襲いに来た、下賤《げせん》な輩《やから》。

流石《さすが》にこの時の私も、状況は一発で理解したわ。

「みんな、死んじゃったの……？」

『殺しちゃったなぁ！』

護衛の人間は死に、残っているのは盗賊だけ。

もう、私を守ってくれる人間はいない――これが、十を過ぎたばかりの女の子にとってどれだけ絶望だったのか、言うまでもないわね。

凡人は、ただ凡人らしい生活を望んでいるだけだっていうのに。
なんで、この人達は平気で凡人を壊しにくるのだろう？
酷い絶望の中、抱いた感情は……そんな疑問だった。
『まぁ、いいじゃねぇか……ほら、こっちに来な』
盗賊の手がゆっくりと伸びてくる。
この手に捕まってしまえばどうなってしまうかなど、想像に難《かた》くない。
「だ、誰か……」
「……助けて」
だから、私は必死に祈ったの。
小さな女の子の、小さな声で。切実な願いを。
その願いは——
『おいっ、てめぇはどこの誰だ⁉』
『な、何をしてるんだ⁉　相手はただのガキだぞ⁉』
『ま、魔法士がなんでこんなところガッ⁉』
馬車の外が一気に騒がしくなった。
聞こえなくなっていたはずの金属音や悲鳴が再び耳を刺激し、血腥《ちなまぐさ》い臭いが充満し始める。

手を伸ばしていた盗賊も気になったのか外へと向かい、そのまましばらく顔を出すことはなかった。

そして、ね。

もう一度、誰かが私のいる馬車に顔を出したの。

今度は盗賊の人が戻ってきたんじゃないかって、絶望めいた感情で入り口の方を見たわ。

けど——そこから姿を見せたのは、自分と同い歳《どし》ぐらいの男の子だった。

「大丈夫？　ごめんね、遅れちゃって」

——結局、盗賊の人は通りすがりの見知らぬ冒険者によって倒された。ということになったわ。

もちろん、あの子が冒険者なんかじゃないっていうのはよく分かっている。

その子は私と一つしか変わらなくて、魔法も剣もどちらにも多大な才能があって、自堕落な生活を望むっていう少し変わり者だけど、誰よりも優しくて。

今にして思えば、この時私は一目惚《ひとめぼ》れしたんだと思うの。

気がつけばあの子のことばかり考えるようになって、どうすれば一緒になれるのか考えて……彼のために情報を集めるようになって。

いつか、彼の横に自分の席を求めるようになって——

分かってる。私は凡人。

彼に並ぶような家督もなければ、実力もない。

求めるのはただ一つでたった一つ。

彼の隣にいたい。

情報屋の姉

禁術、新しい悪党集団、『神隠し』の一件からはや一ヶ月も経《た》ってしまった。

入学早々起きたビッグイベントの印象が強すぎて「え、僕まだ入学して一ヶ月しか経ってなかったの⁉」状態ではあったのだが、それは余談。

あれからというもの、平和な日々が続いており、面倒くさいアカデミーと家までをほぼ毎日往復する日々である。

最近はレイラの弁当が楽しみでアカデミーへ通うことも抵抗がなくなってきていたのだが、騎士団の練習やら授業は面倒くさいの一言。

ままならないものだね、と。自堕落アルヴィンくんは毎日肩を竦《すく》めていた――

「あれ、姉さん……何書いているの？」

明日もアカデミー、明後日《あさって》もアカデミー。

そんな週の真ん中の夜。いつものように風呂上《ふろあ》がりのアルヴィンは自分の部屋へと戻り、そこで何やら真剣な顔でデスクに向かっている女の子の姿を発見した。

その子は相も変わらず、夜に寝間着姿で弟の部屋に入り浸る姉である。

「んー？　進路希望の紙書いてるー」

アルヴィンの姉であり、公爵家のご令嬢であり、夜に我が自室とでも言わんばかりに平気で弟の部屋に住むブラコンのセシルは、珍しく風呂上がりのアルヴィンに反応することなく返事をする。

珍しいからこそ気になり、アルヴィンはセシルに近づいて関心を寄せた。

「へぇー……そっか、姉さんって三年生だもんね」

「来年にはアルくんと学園デートができなくなっちゃう……」

「凄《すご》いよ、毎日の登校をデートだと解釈するなんて」

どんな行動においても弟とイチャイチャしたいという意欲には思わず舌を巻いてしまう。

「デート云々《うんぬん》は戯言《たわごと》だと切り捨てておくとして」

「戯言⁉」

「それで、進路希望の何に悩んでるのさ。姉さんって将来騎士だよね？」

セシルは昔から剣を握っており、騎士になるためにアカデミーの騎士団へと入団した。

というより、騎士団に入っている人間のほとんどは将来騎士になるために入っている。

そのため、いくら三年生で将来を考えなければならない歳《とし》だとしても、決まっているため悩む必要がないとアルヴィンは思っていた。

しかし、セシルの端整な顔には悩んでいるような表情が浮かんでいる。

そこがアルヴィンの疑問を誘ってしまった。

「うん、騎士になることは決まってるんだけど……どう書こうか悩んでて」

「そっか、騎士って色んな種類あるもんね」

確かに、言われてみれば騎士にも色んな種類があるとアルヴィンは思い出す。

父親みたいに王家の騎士になるか、地方の騎士になるか。最近では雇われの騎士という、護衛を中心とした傭兵業《ようへい》も立派な騎士の部類として入っており、決して一括《ひとくく》りでは纏《まと》められないようになってきた。

だから悩んでいるのだろう。アルヴィンは内心でそう納得して、セシルの書いている進路希望の紙を覗《のぞ》き込んだ。

「どれどれ――」

第一希望：アルくんのお嫁さん
第二希望：アルくんとのおしどり夫婦
第三希望：アルくんの息子のお母さん
「騎士は？」

騎士という単語が何一つとして見受けられなかった。

「どれにしようか悩んでてね……ッ！」

「姉さん、僕の目には全部一つにしか見えないよ……ッ！」

しかもお相手が弟だと言うのだからツッコミどころしかなかった。

アルヴィンはそのことに大きなため息を吐《つ》くと、セシルの進路希望の紙を取り上げる。

「とりあえず、これはボッシュート」

「あぁ！　明日提出なのにー！」

「なら、大人しく父さんと一緒の騎士って書きなさい。どうせそこにするんでしょ」

「ぶー」

セシルは頬を膨らませ、渋々アルヴィンから取り戻した紙に『騎士』というワードを書いていく。

不貞腐《ふてくさ》れている姿がなんとも可愛らしい……と思ったが、アルヴィンは口に出さなかった。つけ上がるので。

「そういえば、アルくんは進路ってどうするの？」

「どうするのって……そんなの、悲しいことに決まってるじゃないか」

「そっか、お姉ちゃんのお婿さんだもんね」

「ごめん、全然決まってなかったから改めて言わせて」

いつの間に自分が身内との結婚を承諾&納得したのだろう？　なんてツッコミは、もはや野暮だと学んでいるアルヴィンである。

「家督継ぐことになるから、僕には無縁な話だよ。まぁ、これから父さんが養子を入れなければ、って話だけどね」

「流石《さすが》に入れないよぉ〜、こんなにできる息子がいるのに後継者問題を考えるなんて思えないもん！」

「フッ……甘いな姉さん。僕はまだ父さん達に実力がバレていない！」

アルヴィンは公爵家の面汚《つらよご》しとも呼ばれるほど、自堕落で貴族として問題のある人間だ。

最近はその蓋を姉のせいで開けられ、実力が露見してしまったのだが……それはアカデミーでの話。

外部や社交界にはまだ広まっておらず、父親や母親もアルヴィンが姉をも凌《しの》ぐ実力者だというのを知らない。

故に、後継者問題で悩んでいてもおかしくはないのだ。自分で口にするのもおかしな話だが。

（んー……お姉ちゃんはまだ言ってないけど、知らないわけないと思うんだけどなぁ）

そんな自信満々に語るアルヴィンを見て、セシルは内心でそう思う。

（だって『神隠し』の首謀者を倒したって話を一緒に調査した王国騎士団長《おとうさん》が知らないなんてあり得ないだろうし）

あの一件は、王国の騎士が総出で調査していたもの。

中々手掛かりが摑《つか》めなかった現状で、生徒でありまだ騎士と呼べない子供達が解決したともなれば話に挙がらないわけがない。

考えれば誰でも気づきそうなもの。

今はなんのアクションも起きてはいないが、いつかは起きるだろうというのは容易に想像がつく。

しかし――

（まぁ、アルくんのドヤ顔可愛《かわい》いから黙っておこ♪）

真実に気づかせてあげるのもまた今度でいい。

自慢話はいつでもできるため、今は可愛い想《おも》い人の珍しい顔を眺めることを優先してしまったセシルであった。

「あ、明日お姉ちゃんちょっと行くとこあるから」

「行くところ？」

急に変えられた話に、アルヴィンは首を傾《かし》げる。

ブラコンの姉さんにしては珍しい。いつもならどこか行くにしても基本的に弟を引き連れて自慢するか、予定をキャンセルさせてまで弟と一緒の時間を優先するのに。

「そうそう、行くところ♪」

しかし、そんなアルヴィンの疑問にもセシルは上機嫌な笑みを浮かべるだけで何も言わなかった。

◆◆◆

カツン、と。薄暗い空間に足音が響き渡る。

室内は蝋燭《ろうそく》の火によって照らされており、見渡す限りどこにも窓らしき場所も扉らしきものもない。

ただ、黒く錆《さ》びた鉄格子《てつごうし》だけが広がっており、うめき声や酷《ひど》い叫び声が聞こえてくる。

そんな空間を、進路希望表を書いた翌日にセシルは一人ゆっくり足場を確認するように歩いていた。

どうしてこんなところにいるのか？　正直、セシル本人にもよく分かっていない。

昨日自分で口にして上機嫌な顔をしていたというのに、ここに足を踏み込むまで自分でも何がしたいのか分からなかった。

もちろん自分の意思でやって来たのは確かなのだが、動機という部分には未《いま》だに疑問を覚える。

恨み？　憤《いきどお》り？　それとも――

「ふむ……これは随分と珍しい客人が来たものだね」

セシルの視界の先。

黒い鉄格子の中には、鎖に繋《つな》がれた金髪の少女の姿があった。

その少女は酷く見覚えのある顔で、正しく『神隠し』を引き起こした人物と酷似している。

セシルはそんな少女の前へ行くと、ゆっくり近くの椅子へ腰を下ろした。

「私もちょっと不思議だよ。どうしてここに来ちゃったのか」

「憐《あわ》れみかね？」

「うーん……どうなんだろ」

神隠しを起こした『愚者の花束』。

そこで司祭を務めていた禁術使い《ジャックソーサラー》――サラサ。

あの一件により王国の騎士団に捕まり、現在王都の地下深くにある牢屋《ろうや》にこうして収容されている。

刑罰は未《いま》だに決まってはいない。

『愚者の花束』という集団、その目的、あらゆる情報を引き出すための猶予期間とそこから生まれる減刑を考慮した結果だろう。

アカデミーの騎士団は王国の騎士団の直属……とまではいかないが、ある程度の権限が与えられている。

そのため、面会ぐらいは副団長であるセシルだと許可が下りるのだ。

「ただ、君と話しておかないとこのまま前に進んじゃいけない気がするんだ」

「………」

「私はこれから騎士になって、色んな人を助けていきたいから」

悩んでいるようで、とても真《ま》っ直《す》ぐな信念。

それは彼女の瞳を見ているだけで容易に伝わった。

サラサはセシルの瞳を受け、少しだけ唇を尖《とが》らせる。しかし、すぐさま苦笑へと変わっていった。

「なるほど、君はボクが思っている以上に優しい女の子だったみたいだね」

大方、己の過去の話を聞いて心残りがあったのだろう。

サラサは妹が盗賊によって殺され、生き返らせるために悪党に堕《お》ちてしまった。もしも、騎士が盗賊を倒していたら……サラサはこのような悪党にはならなかった。

セシルはその当時、まだ子供のはずだ。

にもかかわらず、騎士として罪悪感と無力感が胸の内を襲っている。

これが優しさだと言わずになんと呼ぶ？　故に、サラサは悪党に向けられた瞳に苦笑いを浮かべたのだ。

「前提を話しておくが、君は被害者でボクに恨みを持っていてもおかしくはないぞ？」

「うん、分かってる。けど、それ以上に……家族を失う恐怖感も、分かってるつもりだから」

セシルは少し口篭る。

昔、実の母親を病で亡《な》くし、父親も幼い頃に亡くしてしまった。

その気持ちをサラサも持っているのだとすれば、同情を抱かないわけにはいかない。

もしも、アルヴィンを亡くしてしまうようなことがあれば？　立場と生まれが違っただけで、セシルにもサラサと同じ未来があったのかもしれない。

その時、自分は――

「あまり思い込むな、お姉ちゃん」

「ッ⁉」

サラサの言葉に、セシルの肩が跳ねる。

「君は確かに優しい。それに、君にも可愛い下の家族がいる。ボクと姿を重ね、責任感と罪悪感が胸の内を襲うのも仕方ないのかもしれない――だが、ボクは悪党だ。殺してこそいないものの、誰かを殺そうとしたのは事実だ」

一歩早くことが進んでいれば、誘拐した人間は妹を蘇《よみがえ》らせる贄《にえ》となっていたことだろう。

アルヴィンもまた、戦闘において殺してしまったかもしれない。

いくら境遇が似ていて、不幸から始まった人生だったとしても、サラサは悪党。

「ボクを勘定に入れなくてもいいんだ。ただ己が進むべき道と、守りたい者をこれからも守れるよう生きていけばいい。ボクのことは反面教師程度に思ってくれ、その方がこれからも多くの人間を救えるだろうよ」

どこか、サラサの声音が温かいようなものに感じた。

諭しているような、説教しているような、心配しているような……そんな、複雑なものが入り混ざったかのよう。

セシルの思考が、どこか晴れやかになった気がした。

悩んでいたものがほんの少しだけしこりを残して、消えてしまったかのよう。

「君、本当に悪党？」

「悪党さ、もちろんね。ただ――」

最後に、サラサは笑みを見せた。

「こう見えても、君のことは応援しているんだ。お姉ちゃん同士のよしみ、というやつなのかもしれないがね」

釣られるようにして、セシルの表情にも笑みが浮かんでしまった。

そして、セシルは足を運んだ時よりも表情が明るいまま立ち上がる。

「君のしたことは許されないけど……私、君みたいな人が生まれないようちゃんと頑張る。アルくんは私が守る」

「あぁ、精々頑張りたまえ。ボクができなかったことをしっかり成し遂げ続ければいいさ」

「ははっ、偉そうだなぁ……罪人のくせに」

ここにもう用はない。

なんの用事があったかも分かってはいなかったが、なんとなくセシルの中で目的を達したような気がした。

だからこそ、セシルは薄暗い空間を歩き出す。

そして――

「こんなこと言っちゃいけないんだろうけど……またね」

聞こえたか聞こえていなかったか。

その最後の言葉に返答は出ず、セシルは地下牢をあとにするのであった。

◆◆◆

アルヴィンの父親と母親は王都で暮らしている。

それは王国騎士団に勤める父親が働きやすくするために別荘を王都に建てたからだ。

母親も一緒について行き、自堕落アルヴィンくんは「父さん達と離れる機会を逃すわけには……ッ！」ということで公爵家に残っている。父親と一緒にいれば色々縛りがあるのだろう。

そのおかげでセシルも公爵領の屋敷《やしき》に残ることになり（弟と一緒に新婚っぽい生活を送

りたいから）、アカデミーまで馬車通学という少し面倒くさい手法を取るようになってしまった。

「あ、アルくんおはよー」

なんて声が聞こえたのは馬車の中。

最近定着しつつある馬車での目覚めにより、アルヴィンは重たい瞼《まぶた》を開ける。

「……あれ、もう朝？」

なんていうアルヴィンのセリフからも分かる通り、セシルの進路調査を書いてから二日後。

今回もまたシーツごと馬車に乗せられたアルヴィンの視界には、明るい景色と制服姿のセシルの姿が映っていた。

「うん、もうモーニング！」

「そっかぁ……僕もそろそろ頑張って自室で起きることを心掛けようかな」

「ふぇっ？　どうして？」

「……馬車での起床に慣れてしまったことがなんか悲しいからね」

目覚めて自分のベッド……なんてことがもうなくなっているので、どこか人として終わりかけているような気がする。

流石《さすが》の自堕落アルヴィンくんも危機感を覚えてしまったみたいで、ひっそりと内心で決意を固めたのであった。

とりあえず、椅子の下に置いてある制服を取っていそいそと着替え始める。

「……アルくんの腹筋、綺麗《きれい》に割れてておちゃんちょっとこのシーンにドキドキしています」

「……姉さんの視線、最近受けすぎてここで着替えることに躊躇《ちゅうちょ》を覚えなくなったので頑張って自室で起きるよう僕はもう一度決意を固めます」

姉の熱っぽい視線は、よくも悪くも着実にアルヴィンを更生の道へと進めているみたいだ。

「そういえば、聞いた？」

アルヴィンの着替えを凝視しながら、セシルが口にする。

「何を？」

「サラサって子、どうやら処罰が決まったみたいだよ」

昨日顔を出してからちょうどタイミングが重なって決まったみたいだ。

今日の朝刊を見て「タイミングわるぅー」なんて愚痴を吐いたのが記憶に新しい。

「ふぅーん……そっか」

「あれ？　あんまり興味がない？」

「姉さんを傷つけた人間だからね、正直あまり同情も関心もないかな」

何気なく口にされた直球《ストレート》な言葉を受けて、セシルは一瞬だけ胸を高鳴らせてしまう。

こういうところは本当にズルい。真面目なお話なのに、思わずいつものように抱き着いてしまいたくなる。

「それに、姉さんがその調子で言ってきたってことは、あんまり重くなかったんでしょ？　なんだかんだ気にかけてたみたいだし」

「……気づいてたの？」

「まぁね、じゃないと『神隠し』の一件以降、毎日新聞なんて見ないでしょ」

新聞を見るということは、何かしらのニュースを気にしているということだ。

『神隠し』の一件以降、欠かさず見ていたということは、必然的にサラサのことなのだと容易に紐《ひも》づけられる。

そこまで気にしていて、結果的に深刻……落ち込んだ素振りを見せていないともなれば、あまり処罰は重くなかったということだ。

「お姉ちゃん、アルくんの理解度にきゅんときちゃった♡」

「おっと、家族だから理解しているんだってことのはずなのにハートマークが見えたぞ」

「アルくん、今のお姉ちゃんの思ってること……分かる？」

「そんな物欲しそうに唇を近づけてくれば誰だって思ってることは分かるよ、キスしたいんだよね却下だけど……ッ！」

潤んだ桜色の唇が接近し、なんとかしてセシルの体を食い止めるアルヴィン。

一度は不意を突かれたが、二度目は許さないという気持ちがこちらもありありと伝わってくる。

「えー……一回も二回も変わらないじゃん」

「関係が変わりそうなんだよ、二回以上は！」

「姉弟から夫婦ってことだね！　ばっちこいっ！」

「変わっちゃいけない関係なんだよそこは！」

やいのやいの。顔を近づけてくるセシルと、なんとしてでも接近させないようにするアルヴィン。朝からなんとも仲睦《なかむつ》まじい光景であった。

しかし、アルヴィンの頑《かたく》なさをようやく理解したのか、セシルは頬を膨《ふく》らませながら距離を取る。

「ぶぅー、アルくんのケチ……」

「ケチ以前の問題で見つめ直すべき関係性があると思うんだけど……それで、結局処罰はどうなったの？」

「うん、尋問での情報提供で減刑されて、三十年間の無償労働らしいよ」

「結構軽いね」

「軽いって言っても、もう罪は犯せないと思うよ。無償労働ってことは常に監視もつくし、犯罪者用の王紋も押されるわけだしね」

王紋とは、王家が犯罪者につける紋様である。

これがある限り王家の命令には逆らえないようになり、逆らうと即時命を落とす仕組みとなっている。

魔力を過剰に流し、心臓へ負荷をかけて殺す……などという仕様らしいのだが、そこに関しては王家のものというのもあってあまり情報は開示されていない。

「……それに、あの子はもう誰かを傷つけようって思わないんじゃないかな」

何を感じてそう思ったのか？　何も関心を寄せていないアルヴィンには知る由《よし》もなかった。

しかし、セシルだけは……どこか嬉《うれ》しそうに口にする姉だけは、何故《なぜ》か確信めいたものがあるようで――

「そう？　ならいいんじゃない？」

「うんっ、よかったよかった！」

まったく、殺されかけたっていうのに。

アルヴィンは他人事《ひとごと》のように喜ぶセシルを見て、思わず苦笑いを浮かべてしまった。

◆◆◆

『きしだーん！』

『『『ふぁい、おっ！　ふぁい、おっ！』』』

『きしだーん！』

『『『ふぁい、おっ！　ふぁい、おっ！』』』

馬車がアカデミーに到着してしまえば、待っているのは早朝訓練だ。

授業が始まるまでの一、二時間の間に体を鍛え、剣の訓練をする。

サボりたい面倒くさいなアルヴィンも、これぱっかりは騎士団に入ってしまったため付き合わなくてはならない。団長であり王女様のリーゼロッテに怒られてしまうので。

そのため、アルヴィンは今日も今日とて訓練場の周りを騎士団の面々と走っていた。

そんな中——

「…………」

自分の横には、何やら考え込んでいるレイラの姿。

やることはなんだかんだちゃんとするレイラにしては珍しい。掛け声も発せず、ただただ黙々と走っている。

(どうしたんだろ?)

彼女とは長い付き合いだ。

ひょんなことで助けたことをきっかけに、アルヴィンの実力を唯一知る者として色々な情報を提供してくれた。

長い付き合いだからこそ、こうして誰かといる時に悩んでいるなど珍しいと思ってしまうし、同時に気になってしまう。

悩んでいるなら少し助けになってあげたい——なんて思うぐらいには。

(かといって、直接聞くのもなぁ)

これぱっかりはアルヴィンの性格故。

アルヴィンは相談を受けて初めてその人の悩みを聞いてあげたいと思うタイプだ。

その方が自力でなんとかするという力を奪わないし、他人に干渉してほしくないという気持ちがあれば無下にはしないから。

とはいえ、気になるのは気になる。

そのため、アルヴィンはペースを落として後ろで一緒に走っているソフィアへ声をかけることにした。

「ねぇ、ソフィア。レイラの様子なんだけど——」

「ぜぇ……はぁ……な、なんで……ぜぇ……しょう……っ！」

「あ、うん……なんかごめん」

どうやら話しかけるタイミングを間違えてしまったようだ。

(ソフィアなら知ってるって思ったんだけど……彼女には今会話は酷だね)

あの状態で話を続けたら迷惑だろう。

一緒に住んでおり、幼なじみ的なポジションにいる彼女に話を聞けないのなら仕方ない。

(考えさせてあげたい気持ちもあるけど……訓練に集中しないと怪我《けが》に繋《つな》がるからなぁ)

まずは訓練に集中した方がいい。

そんな考えを抱いたアルヴィン。とはいえ、少しのイタズラ心が働いてしまう。

いつも肩関節を外されているからだろうか？　それとも、女の子にちょっかいを出したくなるという男の子特有の性《さが》だろうか？

『アルヴィンさん、次はアルヴィンさんですぜ！』

声掛けが回り、前を走っている騎士団の生徒がアルヴィンに伝える。

このタイミング……正にイタズラ心が招いた天啓。

アルヴィンの心にあった衝動は、つい表に出てしまった。

「きょにゅーう!」

『『『『パイ、乙! パイ、乙!』』』』

さて、この言葉と騎士団の面々の切り返しにレイラはどう反応してくれるのだろうか?

アルヴィンはちょっぴりと期待を——

「…………」

「何ィ!?」

無反応にアルヴィンは思わず驚いてしまう。

一度声掛けをミスしてしまった時は容赦なくこめかみを潰されそうになったのに、今はそんなことはなくただただノーリアクション。

(それほどレイラの悩みは深刻なのか……ッ!)

アルヴィンのイタズラ心が急に心配なものへと変わっていく。

当初一回でもやってレイラが面白い反応でもしてくれればいいと思っていたのが、どうやらあまりにも悩みが深いようだ。

（深刻だったら本当に怪我をしてしまう恐れが！　なんとしてでもレイラの意識を訓練に戻さないと！）

アルヴィンは真剣な表情を浮かべ、再び声掛けを続ける。

「きょにゅーう！」

『『『パイ、乙！　パイ、乙！』』』

「…………」

「ひんにゅーう！」

『『『ざん、ねん！　ざん、ねん！』』』

「…………」

「レイラー！」

『『『ひん、にゅう！　ひん、にゅう！』』』

ぱきゃ♪

『アルヴィンさん、掛け声止まってますぜ？』

「待って、腕を振るための肩関節が二つとも外れてるんだッ！」

いつの間に肩が外れたんだろう？　ブラリと下がる両腕にアルヴィンは走りながら危機感を覚えた。

「はぁ……何か言いたいことがあるなら直接言えばいいじゃない」

「そうだね、次からはイタズラ心は控えるよ……ッ!」

ため息を吐《つ》くレイラ。

ようやく訓練に意識が戻ってくれたようなのだが、少し代償が高かった。

「っていうか、考え込むのはいいんだけど……訓練に集中しないと危ないよ?」

「あー、ごめんなさい。それは確かにそうね」

「うん、そうだよ」

「……で、誰が貧乳で残念だって?」

「ちがっ……ぼく、は……何も……だか、ら……目を、殴らない、で……ッ!」

女の子の心配をした結果、さらに両目へ代償が加わった。

「まぁ、あんまり考えすぎるのもよくないわよね。ありがとう、アルヴィン。心配してくれて」

「ぶぶっ……お礼の前に僕の目の心配を……ぶぶっ」

綺麗《きれい》な笑みを浮かべるレイラ。

残念なことに、涙が溜《た》まったアルヴィンの瞳では端整で美しい笑顔を見ることはできなかった。

しかし、そんなアルヴィンを他所《よそ》にレイラは顔を上げて皆と同じ流れで走り出してくる。

「一応気になるだろうから言っておくけど」

そして、レイラは何気なしにこう口にした。

「今度、私の姉が戻ってくるのよね……アカデミーに」

「お姉さん？」

走りながら、レイラの言葉にアルヴィンは首を傾《かし》げる。

「ええ、そうよ」

「なんだろう、姉というワードに過剰な反応をしてしまう僕がいる」

「それはあなたにとってお姉さんの印象が強烈だからじゃないかしら？」

「……そうだね、きっと一般的には想像がつかないほどある意味あの人が強烈だからだね」

義理とはいえ、弟に結婚を迫ったり唇を迫ったり貞操を迫ったりする姉ほど印象的なものはないだろう。

アルヴィンは脳裏に残念美人な姉を思い浮かべて隠し切れない苦笑いを浮かべた。

「まぁ、あなたが思っているほどの姉じゃないわよ。そこまで仲がいいってわけじゃないし、どこにでもいるような姉ね」

「大人になったら結婚しようって本気で言ったりは――」

「しないわね」

「毎日必ずベッドに潜り込んで――」

「こないわね」

「ファーストキスをうばったり――」

「しないわね……って、待ちなさい。セシル様にキスされたの？」

「ちくしょう、僕もそんな姉がほしかったッッ！！」

それが一般的な姉というものである。

セシルがどれほど強烈で変わっているのかが分かるやり取りであった。

「でもさ、そんな普通のお姉さんが戻ってくるのにどうしてそんなに考え込んでいたの？もしかしてサプライズなお出迎えの構想でも？」

アルヴィンみたいに姉との接し方に色々と気をつけなければならないわけではない。

もし仮に仲がよくなかったとしても、あまり接しないようにすればいいだけでそこまで悩むほどでもないはずだ。

アルヴィンの言う通り、サプライズなお出迎えを考えているのであればまた話は変わってくるが。

「……ちょっとね、気難しい人なのよ」

「ふぅーん」

「強い人がいれば喜ぶところとか」

姉ってまともな人はいないのかな？　そう戦闘狂《バトルジャンキー》思考の姉を想像して、もう一度苦笑いを浮かべるアルヴィンさんであった。

「だからあなたと出会わせたらどうなるか少し心配なのよね」

「なるほど……分かった。そういうことなら三年間ぐらいの休学届を今すぐに提出してくるよ」

「卒業しちゃうわよ」

自堕落希望なアルヴィンは至極真面目だったのだが、どうやら冗談と受け取られたようで。

レイラは走りながら小さく見惚《みと》れるような笑みを浮かべた。

「まぁ、任せてよ。こう見えても十数年間は実力を隠し続けていたんだ。ミステリアスなボーイを演じるぐらい、朝飯前さっ☆」

「言っておくけど、あなたの話はアカデミーでかなり広まっているわよ？」

「ふむ……公爵家の面汚《つらよご》しっていう話だね」

「あなたがそう思うのならそうなんでしょう……あなたの中では、ね」

「少しぐらい希望を持たせてくれてもいいじゃない」

何故《なぜ》だろう、アルヴィンの瞳から切ない涙が流れ始めた。

「っていうわけだから、できるだけ私の姉が帰ってきた時は大人しくしておいてね。別にあなたが魔法士団団長に目をつけられてもいいって言うなら構わないけど」

「待って、レイラのお姉さんって魔法士団団長なの⁉」

「えぇ、そうよ」

そうレイラが肯定した瞬間、周りを走っていた騎士団の足が止まった。

どうやらいつの間にかノルマを達成してランニングが終わったみたいだ。

とはいえ、これぐらいなんともないレイラとアルヴィンは息切れすることなく平然と会話を続ける。

「騎士家系とか言ってたから、て、てっきりこてこての騎士なのかと」

「私の姉は剣より魔法の才能があったみたいでね。うちの家系で初めて魔法士になったのよ。ほら、戦闘狂《バトルジャンキー》って自分も強いっていうのが相場として決まってるじゃない？　もし、騎士団に入っていたらリーゼロッテ様やセシル様がトップを独占していなかったわよ」

「嫌な相場だけど、納得したよ。っていうことは、レイラはお姉さんの代わりに騎士になろうって思ったの？」

騎士家系と言うぐらいだ、自分の子供から騎士が輩出できないのは家名問題に関わる。

姉が魔法士という外れた職になってしまえば、必然的にレイラへ騎士家系の問題が向けられてしまうだろう。

だからこそ、レイラは騎士の道に進んでしまったのかもしれない。

もしかしたら、本人は望んでいない可能性も……なんて心配がアルヴィンの胸の中に襲ってきた。

しかしそんな心配が分かったのか、レイラはクスリと笑って否定する。

「別に、私はなんでもよかったのよ。特段才能があるわけでもなかったけれど、才能がまったくなかったわけでもなかったしね」

「そ、そうなんだ……」

「凡人は凡人らしい生活が保障されればなんだっていいわ。逆に敷かれたレールの上を歩く方が楽な時もあるもの」

そう口にするレイラの表情には悲愴さ……は、感じられなかった。

というより、自分の話なのにどこか楽観視しているような、そんな感じさえ見て取れる。

だが――

「けど、凡人でもほしいものはあるわ。それこそ、凡人らしい生活を捨ててでも、ね」

「ほしいもの？」

「ふふっ、あなたにはまだ秘密よ」

楽観した表情はすぐに消え、なんとも熱の篭った瞳を向けてきた。

どうしてそんなに変わったのか？　そのほしいものというのも気になってしまい、アルヴィンは首を傾げる。

しかし、あまりズカズカと聞くわけにはいかないので、とりあえず小さく親指を立てた。

「よく分からないけど、了解。騎士団じゃないなら会うこともないだろうし、極力これからはだらける方面で頑張ることにするよ」

「そうしてちょうだいって素直に言えないところが悲しいわね」

「そんなこと言わずに、僕に任せて！　だらける方面では視聴者もビックリするぐらいスペシャリストなんだから！」

「はいはい、真面目に練習とか勉強するぐらいは頑張りなさい」

そう話が纏《まと》まった時、ふとレイラとアルヴィンの視界に一人の女の子がやって来る姿が映った――

「はぁ、はぁ……私、今度体力を……回復できる、治癒……勉強、したいです……」

ただし、その愛らしい顔をした金髪の女の子は息も絶え絶えのようで。

「……そんな魔法があれば今世紀最大の発見だよね」

「それよりも体力をつけた方が楽な道よ」

アルヴィンとレイラは苦笑いを浮かべながら、息を切らしているソフィアの介抱を始めるのであった。

◆◆◆

「そういえば、ソフィアはレイラのお姉さんに会ったことはあるの？」

訓練が終わり、朝のホームルーム。

そこで、机に突っ伏しながら横に座るソフィアへアルヴィンは尋ねた。

朝の話の続きだ。どうやらレイラの姉が戻ってくるらしい。

ソフィアはレイラと同じ領地で育った人間で、平民とはいえ幼なじみと呼べるほど仲がいい。

だからこそ、もしかしたら会ったことがあるのでは？　などと思ってしまったのだ。

「シリカ様ですよね？　お会いしたことはありますよ」

「シリカさんって言うんだ」

「はいっ！　大人な女性、って感じの人です！」

ここでようやく名前を知ることになったアルヴィン。

今、彼の頭の中には大人びた戦闘狂《バトルジャンキー》というワードから想像された女性が浮かび上がっていた。

そして、その浮かび上がった女性はムキムキマッチョな人物像であった。絵面が酷《ひど》い、嗚咽《おえつ》ものだ。

「シリカちゃんはねぇ〜、アカデミーの魔法士団団長でありながらも現役の王国魔法士団の人なんだよ！」

「へぇー、それは凄《すご》いね」

魔法士も騎士と同じで正式になるために色々と過程があり、学生のままなるのはごく稀《まれ》だ。

アルヴィン達のいるアカデミーの騎士団に騎士になるために集まった者と同じで、アカデミーの魔法士団も魔法士になるための者が集まっている。

その中で、過程を乗り越えて正式に魔法士になっているのは凄いことだ。

更には、王国の魔法士——国内から多くの志願者が集まり、強者しかないとされる部隊に所属しているというのは思っている以上に才能があるという証左。

ちなみに、王国魔法士団はアルヴィンの母親が勤めていた場所でもある。

「だから、ちょくちょく遠征とかお仕事行ったりとかで中々アカデミーにいないんだ」

「ほぉー」

「でも、学ぶこともないだろうから本人は気にしてないっぽいけどね～。同じ学年だけど、私も何回かしか会ったことないんだよ」

「ふぅーん」

アルヴィンは相槌《あいづち》を打つ。

そして――

「……なんでさり気なく姉さんがここにいるの？」

――ようやく姉の存在にツッコミを入れた。

「やだなぁ～、アルくんとの一時を味わいに来てるに決まってるじゃん！」

「やだなぁ～、学年も違うのにこんなところにまで現れていることがおかしいって言ってるんじゃん！」

あーはっはっはー、と。アルヴィンとセシルは一緒に高笑いをする。

もちろん、アカデミーではかなり人気のあるセシル。こうして学年もクラスも違うのに堂々と教室に居座っているため、かなりクラスメイトからの注目が集まっていた。

ちなみに、対面に座るソフィアは慣れたのか、微笑《ほほえ》ましい笑みを浮かべている。

「えぇい、早く教室に戻れブラコン！　朝のホームルーム始まるよ遅刻しちゃうよ⁉」

「アルくんもよくやるでしょ……遅刻」

「あなた首席ですよね⁉」

アカデミーの首席さんは堂々と遅刻をする覚悟があった。

「お姉ちゃんもね、本当だったら遅刻なんかしたくないの。でも、これにはやんごとない理由があるんだよ」

そう言って、アルヴィンに抱き着きながら至極真剣な表情を浮かべて切り出すセシル。

「そ、そうなの……？」

アルヴィンはいつもとは違う真剣さを感じ、もしかしたらと思わず落ち着いてしまった。

「アルくんはね、最近三学年のところにまで話が挙がるほど有名さんなんだよ」

「うん、どこぞの誰かさんが恥も外聞もかなぐり捨てて自慢するからね」

「実は強くてかっこよくて優しくて可愛《かわい》くて家柄もよくて……男の子だけじゃなく、女の子もアルくんに興味を持ち始めたんだ」

「姉さん、その興味を持ったって女の子の話を詳しく――――」

「だからお姉ちゃんはアルくんに変な女狐《めぎつね》が寄りつかないか監視を……ッ！」

「――聞く前に今一度見つめ直そうか、僕達の関係性を！」

要するに、アルヴィンとイチャイチャして周囲の女の子を牽制《けんせい》したいらしい。

「お姉ちゃん浮気《うわき》は許さないよ⁉　そりゃ、アルくんの魅力は天元突破お姉ちゃんメーターをぶち抜くほどあるけど、だからといって浮気だけはノーです許しません！」

「やめろ、僕を一生独身コースへ誘うな！　その牽制で僕の婚約相手が見つからなかったらどうするつもりなのさ⁉」

「お姉ちゃんと結婚するのになんでそんな心配するの⁉」

「心配するよ、そのお相手が姉なんだからさッッ！！！」

やいのやいの。

アルヴィンとセシルのやり取りはヒートアップし、教室の至るところにまで声が届いてしまう。

あと二ヶ月もあれば、きっとこの光景も見慣れてしまうものなのかもしれない。アルヴィンにとっては不名誉でありがた迷惑な話ではあるが。

「第一、僕に女の子が寄ってくるわけないじゃん。そりゃ、姉さんのせいで色々と話が広まってるかもしれないけどさ、そもそも公爵家の面汚《つらよご》しって言われてるんだし」

そんな人間に女の子なんて寄らないよ、と。

変な心配をするセシルに帰れと手を振った。

「やれやれ、アルくんは自分の魅力とお姉ちゃんのことが好きだって自覚が足りません」

「どっちも実際に自覚するものがないからね」

「ねぇ、ソフィアちゃん。アルくんってかっこいいよね⁉」

セシルが勢いよく傍観していたソフィアに尋ねる。

話を振られて可哀想《かわいそう》に。アルヴィンは「別にそんなにかっこいい人じゃない」と言われると思いながら、ソフィアの返答をセシルと同じように待った。

すると――

「そ、そうですね……アルヴィンさんは、その……とても素敵な人、です……」

――ソフィアは、頬を赤らめながら素直に肯定したのであった。

「……やっぱり、お姉ちゃんは監視しておかないといけないと思います」

「姉さん、ちょっと抱き締めている腕が徐々にキツくなっているんだけど放してもらえませんか僕何もしないので」

とりあえず、セシルの決意は固いものとなってしまったようで。

結局、リーゼロッテが迎えに来てくれるまでセシルはアルヴィンの教室から離れることはなかった。

◆◆◆
「そういえば、アルヴィン」

「ん？　どうしたのレイラ？」

朝のホームルームが終わり、なんだかんだ色々授業も終わってお昼。

アルヴィンはもはや恒例となったアカデミーの敷地《しきち》の外の一角にて、レイラとの昼食をいただいていた。

「最近、王都で人攫《ひとさら》いが発生しているのよね」

「えー、また？　なんかこの前も同じようなことがあって自堕落ボーイにしては頑張った気がするんだけど」

「まぁ、今回は表向きだけはただの商会みたいだわ。狙っているのは女性や子供ばかり、多分そういう趣味がある貴族や他国に奴隷として売り捌《さば》くつもりなんでしょう。今回は王家の魔法士団が動いているみたいよ」

とはいえ、内容は平凡な昼下がりに行われているものとは程遠く。

物騒、かつ何やら胸糞悪《むなくそわる》い話であったため、アルヴィンの額に薄《うっす》らと青筋が浮かんだ。

「了解。目星はついてるの？」

「サクラ商会っていう新参商会ね。ここ最近王都に進出してきたみたいだけど、あまりに展開が早いから調べていたの。そしたら綺麗《きれい》に黒ばっか……少し前からあった人攫いと情報を照合してみたら、綺麗に一致したわ」

「野郎が穿《は》いてほしくもないスカートを穿いてる時って、絶対に中に見たせくないものがあるか隠さなきゃいけないものがある時だよね……分かった、今日辺りにでもスカート引《ひ》っ剝《ぺ》がしてくるよ」

「なら、この前みたいに馬車でも用意しておくわ。あなたは可愛いお姉さんの目でも盗む準備をしておいて」

「うぃ。しかしよくもまぁこんなに詳しい情報を引っ張ってこれるもんだね」

「乙女の企業秘密よ」

元より、レイラとアルヴィンの関係というのはこういうものだ。

情報屋と呼んでいたレイラが情報を仕入れ、アルヴィンに提供、潰していく。

ほとんど、受け渡す情報というのは悪党に関するものばかり。

なんだかんだ怠け者で自堕落なアルヴィンだが、こうした人知れず誰かを助けようとい

う正義感は誰よりも褒められるべきものだろう。

レイラも、そんなアルヴィンの一面は素直に尊敬しており――

(すぐに頷《うなず》いて行動しようとするところ、本当に好きなのよね……)

自分の作った弁当を食べるアルヴィンを見て、レイラはどこか熱っぽい視線を向けた。

悲しいことに食べ始めて集中しているアルヴィンは、そんな乙女の熱っぽい瞳には気づいていないようだが。

「あら、今日はソフィア様は一緒ではないのですね」

その時、ふと二人の背後から声がかかった。

艶やかな銀の長髪を纏《まと》め、気品と貫禄《かんろく》ある姿でこちらを見下ろす美しい女性。

王国の王女でありながらも、アカデミーの騎士団で団長を務めるリーゼロッテだ。

「ソフィアは先生に呼び出され中なんです。なんでも、小テストの成績が悪かったとか」

「ふふっ、意外とソフィアさんは勉強ができないお方なのですね」

「意外ですよねー」

失礼してもいいですか、と。

リーゼロッテが食事の同席を求めてきたので、アルヴィン達はスペースを空けて座れる場所を確保する。

「ちなみに、アルヴィン様はテストの成績はいかがだったのですか？」

「え、満点でしたよ？」

「あなたの方が意外……ってわけでもないわね」

確かに、自堕落アルヴィンは一見成績が悪そうに見える。

しかしながら、アルヴィンはやる気を出さないだけで色々な面において才能があるのだ。

勉強に関しても才能があっても決して不思議ではない。

ソフィアとアルヴィンの成績が逆であれば、意外だと一言も言わずに済んだのだが。

「ちなみに、レイラは成績とかどんな感じなの？」

「私はよくも悪くも普通よ。可もなく不可もなくってところかしら？」

「リーゼロッテ様は？」

「私はいい方ではありますが、セシルには負けていますね」

「……そういえば、あんな姿で勉強できるんだったなぁ。僕の中であんまり首席ってイメージがないんだけど」

ただの行き過ぎたブラコンというイメージしかないのがただただ悲しかった。

「ですが、アルヴィン様がアカデミーに入られるまではあの子もお淑《しと》やかな子だったのですよ？」

「ダウトッッッ！！」

「王女様に即答で否定を入れるな、馬鹿」

「ごめんごめん、つい僕の中でお淑やかが紐《ひも》づけられなくて……ねぇ、僕が悪かったから今肩に乗せている手を放してくれない？　外される未来しか見えなくてさ」

「気のせいよ」

王女様を嘘《うそ》つき呼ばわりすると、レイラからお叱りが入るらしい。

ただ、そのお叱りの過程で肩に手を乗せられるのだけは少し勘弁願いたかった。つい体が反応してしまうので。

「あの、レイラ様……時にそのお弁当はあなたの自作だと聞いたことがあるのですが」

「はい、そうですよ」

「もしよろしければ、私に一口いただけないでしょうか？　以前アルヴィン様が美味《おい》しそうに食べていたのが頭から離れず、興味が……」

どこか珍しくおずおずとするリーゼロッテ。

そんなに印象に残るような顔をしていたかしら？　と、そう思ってレイラがアルヴィンの方を見ると、現在進行形で確かに美味しそうにしている表情であった。

それが嬉《うれ》しくもありながらどこか恥ずかしい。しかし、王女であり団長のお願いを断るわけにもいかず、レイラは自分の弁当箱をリーゼロッテに差し出した。

「構いませんよ、お口に合うかどうか分かりませんが」

「ありがとうございます」

リーゼロッテはお礼を言うと、自分の持っていた弁当箱を横に置いてレイラのを一口頬張る。

すると、すぐさまにアルヴィンと同じような美味しそうな顔を見せた。

「んんっ！　美味しいです、レイラ様」

「……そう言っていただいて恐縮です」

王女であり、団長。

普段大人びているから、もしかしたら今の言葉はお世辞なのかもしれない。

しかし、リーゼロッテの表情が心からそう思っているようで——

（もしかして、こっちはちゃんと才能があるのかしらね……？）

レイラは思わず口元を綻ばせてしまった。

「時にアルヴィン様、あなたは固有魔法《オリジナル》が使えるようですね」

レイラの弁当を一口頬張り、堪能《たんのう》したリーゼロッテがふとそのようなことを尋ね始めた。

確かに、アルヴィンは魔法の極地——固有魔法《オリジナル》が使える。

固有魔法《オリジナル》とは、既存の魔法から逸脱し、使用者本人のために創られた魔法で、本人にしか扱えず、本人の潜在能力《ポテンシャル》を最大限発揮できるように構成されているため、どのような魔法よりも強力なもの。

並の魔法士では決して届かない領域であり、扱える人間もごく僅かだ。

「あなた、固有魔法《オリジナル》まで扱えるの？」

「べ、別に扱えないですけど……？」

扱えると言ってしまえば、またしても己の評価が上がってしまいそうな予感。

アルヴィンはそんな予感から逃げるように嘘をついた。

ただし、いきなり嘘をついてしまったことにより、なんとも可愛《かわい》らしくリーゼロッテの目が泳いでいる。

「そうですか、残念です」

「す、すみませんね！　何やら期待されていたみたいですけどご期待に沿えなくて！　いやー、僕もそこまで強くないっていうか――」

「上司に嘘をついた部下に罰則《ペナルティ》を与えなくてはいけなくなりました」

「実は僕、めちゃくちゃ強いんです」

リーゼロッテの罰則《ペナルティ》は、なんだか怖かった。

「……知ってるんだったら聞かないでくださいよ」

「ふふっ、セシルが『尋ねてみたらすぐに嘘つくから可愛いよ！』などと仰《おっしゃ》っていたので、ついからかいたくなってしまいました」

「あの姉……」

「ちなみに、固有魔法《オリジナル》の話もセシルから聞きました」

「あの姉……ッ！」

いつか絶対口を縫い付けてやる、と。

アルヴィンはまだまだ止まらないセシルの弟自慢に歯噛《はが》みをした。

「あなた、固有魔法《オリジナル》まで使えるって……もうなんでもアリよね。いっそのこと、国に手伝ってもらいながら大々的に自慢したら？」

「やめてよ、僕はまだ自堕落なハッピー生活を諦めていないんだ。国が総出で担《かつ》ぐ馬車馬になってたまるか……ッ！」

「私としては、是非ともアルヴィン様にはそのまま王家に仕えていただきたいのですが」

「姉さんが代わりに行きますよ！」

リーゼロッテの少し残念そうな顔がアルヴィンの視界に堂々と入る。

美少女故か、自堕落希望のアルヴィンの心に何故《なぜ》か罪悪感が湧いた。

「ねぇ、気になったんだけど……あなたの固有魔法《オリジナル》ってどういうのなの？」

やはり固有魔法《オリジナル》は珍しいのか、レイラは頬杖《ほおづえ》をつきながら尋ねる。

「うーん……言っておくけど、僕の固有魔法《オリジナル》は他の魔法士と毛色が違うよ？」

「そうなの？」

「まぁね、僕の固有魔法《オリジナル》は近接戦を前提にした魔法だから、遠距離戦をメインとする魔法士とは少し使用する意味合いが違うんだ」

魔法のメリットは、間違いなく遠距離から攻撃を届かせることだ。

剣のリーチ分しかない騎士とは違い、本人の力量次第でどれだけ離れていようとも敵を狙える。

詠唱が必要であり、肉薄されれば騎士に軍配が上がってしまうとしても、魔法ほど遠距離戦に向いている武器はない。

故に、魔法士の戦闘スタイルはメリットに応じた遠距離戦がほとんどだ。

「敵を閉じ込め、撹乱《かくらん》し、的を広げ、手数を増やして接近戦に持ち込む。目立ちすぎるから実演はしないけど、僕の固有魔法《オリジナル》は基本的にそういうもの。言うなれば、接近戦を容易にする場所と武器を確保するための魔法だよ」

「へぇー」

「もちろん、こんなやり方をするなんて魔法士の人が聞いたら『もったいない！』って言うだろうけどね。魔法ご執心な研究者さん達のご丁寧なお説教が待ち構えちゃう」

説明が終わったタイミングで、アルヴィンはレイラからもらった弁当箱の蓋を閉じる。
いつの間にか完食していたようだ。

「あなたやリーゼロッテ様には向いているんでしょうね、そういう魔法」

「そうですね、基本的に騎士が魔法士並みに魔法を扱えるなどありませんから。といっても、私は固有魔法《オリジナル》など持ち合わせてはおりませんが」

「だそうよ、規格外さん」

「うーむ……おかしい、何故神様は僕に目立つ要素をこんなにも与えたのか」

もし、アルヴィンが己の実力を全て世に曝《さら》け出せば、きっと世間の注目を集める人気者になるだろう。

騎士を圧倒するほどの戦闘能力があり、固有魔法《オリジナル》を扱えるほどの魔力総量とセンス、技術がある。

正に戦闘において天才児。きっとこの先、アルヴィン以上の才能を持った人間は現れてこないだろう。

だからこそ、こんな怠け癖は宝の持ち腐れとしか言いようがない。

「そういえば、レイラ様のお姉様も固有魔法《オリジナル》が扱えましたね」

「え、そうなの？」

「だからこそ、王家の魔法士団に所属できたのよ。私の姉はそっち方面での才能はあるから」

「恐らく、アカデミーで固有魔法《オリジナル》が扱えるのは彼女だけでしょう。もちろん、どこかの誰か様のように隠そうとしている人間がいなければ、の話ですが」

何故だろう、何やらジトっとした視線を向けられているような気がする。

そんな気がしたアルヴィンは綺麗《きれい》なアカデミーの庭にそっと顔を逸《そ》らした。

「いつかお目にかかりたいものですね、アルヴィン様の固有魔法《オリジナル》」

「……そ、そうっすね。来世までに機会が作られたらいいですね」

「こら」

王女様のお願いを無視したことにより、レイラの軽い小突きが頭に入る。

しかし、アルヴィンはどんどん露呈していく己の実力にひっそりと涙を流さずにはいられなかった。

◆◆◆

さて、レイラに情報をもらったその日の夜。

アルヴィンはちょっとしたピンチに陥っていた。

(ヤバい、姉さんが僕に抱き着いているせいで抜け出せない……)

時刻は皆さん夢の中で羊さんを数えている頃。

寝静まっており、いつものアルヴィンであれば深い眠りについているのだが、今日はそういうわけにもいかない。

アカデミーが始まり、日中自堕落フリーダムな生活ができなくなった以上、何か行動するには夜中になってしまう。

先日の『神隠し』の一件でも、アルヴィンは皆が寝ている頃に動き出した。

さて、だから今日も——と考えていたのだが、現在アルヴィンの体には華奢《きゃしゃ》で細い腕と温かな感触が引っ付いていた。

もちろん、そのお相手は毎度のことながらいつの間にかベッドに侵入したセシルである。

(うーん……無理矢理引き剝がしてもいいんだけど)

そうすれば起こしてしまうかもしれない。

一応、アルヴィンがしようとしていることはセシルには秘密にしている。開幕早々、盗賊を倒したところを見つかった際にちゃんと話したのだが、もう一度話すかどうかは別問題。

なんだかんだ姉を大切にしているアルヴィンは、危険な場所にセシルを連れて行きたくないと思っていた。

正義感の強いセシルのことだ。話を聞けば「私も行く！」と言い出しかねない。

故に、こっそりと抜け出す必要があるのだが――

(なんでこんな時に寝相が素晴らしいホールドを決めているのさ……)

寝ている時は気が付かなかったが、今の構図を分かりやすく説明するとセシルの抱き枕にされている状態だ。

足も絡《から》ませ、しっかりと抱き着いている状態になっている。

抜け出したいのは抜け出したい。しかしなんだろう……抜け出したくないと思っているアルヴィンがいる。

(ふむ……素晴らしい感触だ)

ただし、その気持ちは多分な下心ではあるが。

（……姉さん、少し胸が大きくなったかな？　ムチムチスベスベ素肌とマシュマロ感触が僕のセンサーに違和感を与えている）

チラリと、アルヴィンは視線を横に向けた。

大人びているような、あどけないような、そんな美しくも愛らしい端整な寝顔。同性の女性ですら思わず嫉妬してしまいそうなプロポーションに、ほのかに香る甘い匂い。

それら全てがアルヴィンの心をくすぐり、このまま起きた状態で堪能――

（って、馬鹿ッ！　姉相手に何を考えているんだ僕はッッ！！）

危うい思考を寸前で吹き飛ばしたアルヴィン。

このまま堪能していれば禁断の関係に一歩突っ込みそうであった。

（さ、さっさとレイラのところに行こう……待ってるだろうし、こんな攻撃に僕の理性が珍しく負けそうだし）

今まではあまり感じてこなかったのに、一体何故今回は？　ふと、アルヴィンの脳裏に先日馬車で受けたファーストキスが思い浮かんだ。

それが余計にアルヴィンの顔に熱を与え、身動きに抵抗を与える。

しかし、このまま寝ているわけにもいかない。アルヴィンはいそいそとセシルを起こさないようゆっくりとホールドから抜け出そうと試みる。
「ふへへ……アルくぅん、好き……」
起きているのかいないのか。
セシルのいつも言っていそうな寝言が耳に届き、その度に動きを止めて様子を窺《うかが》って
しまう。
しばらくそんなことを繰り返していると、ようやくアルヴィンはセシルから抜け出すこ
とに成功。
ぐっすりと眠り、少しはだけて刺激的になっている寝間着姿のセシルを改めて見た。
(はぁ……無防備にも限度があるでしょ。こりゃ将来の旦那さんが心配になるなぁ)
その将来の旦那さんが誰になるかは知らないけど。
弟として、その旦那さんは見極めないといけないけど。
そんなことを思いながら、アルヴィンはクローゼットへと向かい着替えると、そのまま
窓枠に足をかけた。
ただ、なんとなく。さっきも改めて見たはずなのだが、もう一度振り返ってセシルの方
へと顔を向ける。
相変わらず綺麗な女の子だ。

無防備ではあるものの、それが安心しきった平和な日だからこそ見せられている姿。

（今回は姉さんには関係ないけど――）

こんな平和な日を迎えようとしている人間を傷つけるのは許せない。

だからこそ、アルヴィンは視線を戻して窓の外へと身を乗り出した。

「……行ってきます、姉さん」

やれる人間がやればいい。

結局、そんな風に世界は回っており、そんな風に人は動いて日々を生きている。

ただ、やれる人間が自分かもしれない。

人にとっては「やる必要がなくても」、「お前には関係ない」、「そういう人間に任せろ」という案件の可能性もあるだろう。

誰かを助けるのは騎士でいい。治安を守るのは衛兵でいい。泣いている子を救うのは英雄でいい。

餅は餅屋。合理的で現実的だからこそ、今を生きる人間は効率よく生きられている。

（僕はお門違いかもしれないけど、自分である可能性と準備ができているなら……）

――誰かのために拳を握ろう。

綺麗事《きれいごと》だと言われても、綺麗事を可能とする力があるのなら実現してあげたい。

そんな気持ちを持った優しい少年は、今日もまた夜の世界に溶け込んでいく。

「……行ってらっしゃい、英雄《ヒーロー》くん」

そして今日もまた、最後に残った彼女の声は届かなかった。

これは決してクライマックスなどではない。

所詮、彼の行動は今までとなんら変わりない優しさから生まれた誰かのための行動。

であれば、声が届かなくても問題はないだろう。

「相変わらず、優しいんだから……アルくんは」

◆◆◆

『新参商会だからってあまり油断しちゃダメよ？』

『王国の魔法士団が手を焼いていたのは、隠蔽工作が上手《うま》いから。無暗《むやみ》に突撃しても白《しら》を切られてこっちが悪者になるだけだから』

『まぁ、でもあなたの思うようにやりなさい。後始末はこっちでやっておくわ……相棒、だものね』

なんて言葉を馬車の中で言われたアルヴィン。

今回すべきことは、人を攫《さら》って売り捌《さば》いている悪徳商人を捉え、牢屋《ろうや》にぶち込むこと。

王家の魔法士団も追っている案件らしいのだが、未《いま》だに尻尾を掴《つか》ませてもらえてないという。

それ故に、このまま放置しておけば更に被害が拡大してしまう恐れがあり、早急な対応が必要だった。

だからこそ、アルヴィンはレイラに教えてもらったその商会のアジトらしい王都の地下室へ足を運んでいた。

『てめぇ、誰だ⁉』

『野郎共、襲撃だ！』

『絶対に奥へ行かせ……ガッ⁉』

足を運んでいた、といってもやることは穏便に侵入……ではなく、拳を握ることだけ。

たとえ隠蔽工作が上手く白を切られてこちらが悪者になろうとも、アルヴィンにとっては勘定に入れるものではなかった。

もし証拠が見つからず悪者にされたとしても、レイラがなんとかしてくれると言ったから。

そもそも、レイラが集めた情報に誤りはない——そんな信頼があるため、自分が悪者になるなど元より考えていない。

　故に、アルヴィンは侵入早々、雇われた盗賊らしき人間を拳を使って倒していく。

（今思えば、よくもまぁ魔法士団がてこずっていた案件の情報を仕入れてくるよね。流石《さすが》は僕の相棒さん）

　一人、二人、三人。

　アルヴィンが動く度に地下は氷の造形を生み出し、一気に室温が下がっていく。

　相手は大人、それに悪党。

　にもかかわらず、アルヴィンは奥に進むにつれ現れる男達を拳で倒していく。

　そしていよいよ、厳重で厚そうな扉へとご対面することに成功した。

（さて、レイラの情報によるとこの先に……）

　大元の奴隷商人は日に一回、商品の質を確かめるために地下に入るという。

　自害していないか、売り捌く前に体調が悪化していないか、雇った盗賊が手出しをしていないかを確認するためだろう。

　慎重なのか、それとも臆病なのか。

　しかし、アルヴィンにとっては好都合。何せ、攫われた人間を助けるのと同時に元凶である人間を捕らえることができるのだから。

った。

「さぁ、行こうか」

アルヴィンは背後から巨大な氷の柱を生み出し、それをそのまま分厚い扉へ向かって放った。

『な、何事ですか⁉』

激しい音と土煙を上げ、扉は盛大に突き破られる。

視界に入ったのは驚く小太りな男と、大きな牢屋――その中に囚《とら》われている、子供や女の姿であった。

――決定的証拠、現行犯。

牢屋の中にいる人間は、皆同じように黒い手錠を嵌《は》められており、着ている服もボロボロそのもの。

それが視界に入り、アルヴィンの額に綺麗《きれい》な青筋が浮かび上がった。

「……不快なものを見せやがって」

ふぅ、と。アルヴィンの口から白い息が漏れる。

「躾《しつけ》の時間だ。僕を不快にさせた代償は払ってもらうぞ、クソ悪党」

そして、小太りの男に向かって氷の波が襲い掛かった。

◆◆◆

「このまま地下を出たら、赤い髪のお姉ちゃんがいるから声をかけるんだよ。そしたら、君達をちゃんと家に帰してくれるからね」

ただの商人が異端児であるアルヴィンに勝てるわけもなく。

商人の手足を縛って捕えたアルヴィンは、牢屋に閉じ込められていた人間を解放していった。

思った以上に人数が多く、アルヴィンは「レイラの馬車に入るかな？」と、少しだけ心配になると同時に胸に安堵《あんど》が押し寄せていた。あぁ、助けられてよかった、と。

『ありがとう、仮面のお兄ちゃん！』

「仮面？　あぁ、そういえばつけてたんだった」

解放した女の子に指摘され、今更のように思い出すアルヴィン。

現在、アルヴィンは自身の魔法で作った氷の仮面を顔が見られないようにつけていた。

これに関しては「公爵家の面汚《つらよご》しがヒーローだ」というのを防ぐためである。

今までほとんどが牢屋にぶち込むか、殺すかの悪党ばかりを相手にしていたため顔を見られようが関係なしだったのだが、今回は助けなければいけない人がいる。

まだまだアルヴィンはヒーローよりも自堕落生活を望んでおり、ここで変に盛り上げられると困るのだ。

それに、前回セシルにバレてしまったという反省があり、今回は素性を隠すために仮面をつけている。

(あの感じだったらバレてない、よね……?)

女の子が大人の女性に手を引かれ部屋を出て行く姿に手を振りながら、アルヴィンは少し不安になった。

とはいえ、今は身バレの心配よりもしなければいけないことがある。

(さて、攫われた人はレイラに任せるとして、僕は今まで売り捌かれた人達のデータでも見つけようかな。できるだけ多くの人を連れ戻さなきゃだし)

今は未遂で終わった人を助けただけだ。

聞いた話から推測するに、今まで何人もの人達を不当な売買で連れ去ったに違いない。

できるだけ連れ戻してあげないと、と。アルヴィンの正義感はまだまだ動く。

(ってことは、あの商人を起こして色々と情報を引き出さないと……それとも、そっちの方面はレイラに任せた方がいいのかな?　いや、でも少しぐらい有益な情報を持って帰った方がレイラも動きやす――)

その時だった。

ズンッッッッッッッッッッ!!! と、地下の天井が落ちてきたのは。

「ッ!?」

アルヴィンは咄嗟《とっさ》に降ってきた天井から距離を取った。

別に頭上から落ちてきた天井を避《よ》けるためではない。商人が武器を持って捕縛から抜け出したわけでもない。では、何故《なぜ》か? それは、天井と共に一人の少女も一緒に降ってきたからだ。

「おい、私がやっとの思いで見つけた奴《やつ》らの巣窟《そうくつ》だぞ」

その少女は長い赤髪を靡《なび》かせながら室内を見渡し、酷《ひど》く苛立《いらだ》っている様子で――

「攫われた人間は、どこにいる?」

どこか、アルヴィンの見知った女の子と似ていた。

いきなり現れた赤髪の少女。

長い付き合いだからだろうか? ある少女の姿がアルヴィンの脳裏をよぎった。

同じような赤い髪を携え、いつも僕に情報を渡してくれる、誰よりも先に僕の実力を知った女の子。

そんな彼女と、何故か目の前にいる女の子の姿が似ている。

顔立ちも髪も。ただ違うのは、騎士服ではなくローブを羽織っているということで――


「ここにいる者はどうした？」

低い声で、少女は口にする。

その視線は真っ直《ま》ぐ《す》にアルヴィンへと向けられた。

「……逃がしたよ」

「そうか」

短い問答。

実際にアルヴィンが逃がしたのは事実で、少女が天井から降ってこなければ攫われた人間とすれ違い、事実確認ができただろう。

しかし、現れたのは上から。

そのせいか――

「信じられんな」

アルヴィンの足元から鋭利な土の槍《やり》が勢いよく生えた。

「はァ⁉」

持ち前の天才的な反射神経で、なんとか身を捻《ひね》って回避をするアルヴィン。

先端の鋭さと飛び出してきた勢いから……本当に殺《や》りにきたのだと窺《うかが》える。

「いやいやいや！　逃がしたって言ったじゃん⁉　開口一番に殺りにくるとかどういう教育方針なのおたくのご実家は⁉」

「黙れ《シャラップ》。逆に貴様は顔を仮面で隠した怪しい人間が現場にいて『影の英雄です』と言うのを信じる教育方針だったのか？」

確かに、言われてみればその通りだ。

この現場には首謀者である商人とアルヴィンしか残っていない。

しかしながら、捕縛している商人はともかくアルヴィンに関しては仮面で顔を隠している状態。

第三者から情報が聞けないのなら連れ去ろうとし、連れ去った後だと推測してもおかしくはなかった。それこそ、白馬の王子様と考えるよりは合理的で普通である。

だが、アルヴィンはアルヴィンなりの理由があるため仮面を取るわけにもいかない。

「さっさと情報を吐け、悪党。雑魚《ざこ》に付き合っている暇はないんだ」

一つ、二つ、三つ、と。

無数の槍が地面からアルヴィンへと襲い掛かる。

アルヴィンは舌打ちをしながらも、寸分の狂いなくギリギリでの回避を見せた。

「その動き……まさか騎士か？」

突如、天井全体が勢いよく沈み始める。

情報を吐け――という割には容赦がない。

アルヴィンは舌打ちしながら腰の剣を抜いて、自分の周囲だけの天井を切り崩していく。

(クソ、無詠唱で平気で魔法を撃ってくる！　ってことは、やっぱりこの人――)

――シリカ・カーマイン。

レイラの姉であり、現アカデミーの魔法士団団長。加えて、学生でありながらも王家の魔法士団に所属する正真正銘の天才。

面影があると分かった時から薄々思っていたが、ここまで魔法に抜きん出ていれば合致せざるを得ない。

(だったら傷つけるわけにもいかないし、かといって仮面を外して事情を話すわけにもいかないし……ッ！)

であれば、取る選択肢など一つ。

アルヴィンは地面から同じように氷の柱を生み出し、崩れた天井へと己の体を持ち上げた。

「ほぉ！　貴様、無詠唱で魔法も扱えるのか！」

だが、その氷も飛ばされた岩石によって崩され、天井へと届かせてもらえなかった。

ちくしょう、と。アルヴィンは剣を鞘《さや》にしまって氷の大槌《おおづち》を生み出し、構える。

「一撃で終わらせてやる……ッ！　怪我《けが》をさせないように気絶させるって案外難しいんだけど！」

「私を相手によく言った！　吠《ほ》えるだけの負け犬であれば落胆だがな！」

シリカのボルテージが上がっていったのか、口角を吊《つ》り上げて見せたあとに生み出した巨大なゴーレムがアルヴィンの前へと立ちはだかる。

逃がしてもらえないのなら、気絶してこの場から離れればいい。

そういうスタンスに切り替えたアルヴィンは構えた大槌を容赦なくゴーレムの頭部目掛けてぶん投げた。

ゴーレムの頭部は破壊され崩れ落ちるものの、残骸からまたしても新しいゴーレムが生まれる。

しかし、アルヴィンはもう一度大槌を作り出すと、そのままゴーレムへ突貫し薙《な》いでいった。

「は、ははははっ！　素晴らしい！　状況が状況であるにもかかわらず、高揚が隠し切れん！」

アルヴィンがゴーレムを次々と破壊していく中、空間にシリカの高笑いが響き渡る。

「騎士並みの身体能力、騎士では扱えないような武器すらも扱う戦闘技術、さらには子供であろう見た目で無詠唱で魔法を扱うそのセンス！　悪党にしておくにはもったいない強者じゃないか！」

アルヴィンの戦闘能力は異端だ。

近接戦闘においても、遠距離戦闘においても、他者を超える力を持っており、両立させるという異常さがある。

それは、今目の前に広がっている光景だけで実感させられた。

この、無数に生み出しているゴーレムを次々と破壊し、着実に自分に近づいている……

今、現在の光景に。

「……これだから私は強い者が好きなのだ」

ワクワクさせてくれるから、と。

シリカは勢いよくローブを脱いだ。

「固有魔法《オリジナル》——」

ゾクッ、と。アルヴィンの背筋に激しい悪寒《おかん》が走った。

だからこそ、アルヴィンは持っていた大槌をシリカ目掛けて投擲《とうてき》する。

しかし、その大槌もすぐさま天から落ちてきた無数の土の刃によって微塵にされた。

さぁ、これはどう躱《かわ》す、悪党？

「『悪鬼の牢獄《グラン・アンガンテ》』――」

そんな楽しげな声が、アルヴィンの耳に届いた。

魔法士にとって、魔法の頂とは固有魔法《オリジナル》。

誰もが目指し、誰もが憧れ、誰もが望む力であり、研究者《まほうし》らしい探求の結晶。

扱えるだけで箔《はく》となり、多くの魔法士から尊敬され、畏怖の象徴となる。

一体何故か？

それは――

(こ、これがレイラのお姉さんの固有魔法《オリジナル》……ッ！)

眼前に広がるのは、鋭そうな土の塊。

分かりやすく言えばギロチンだろうか？　それが正面背後頭上をいつの間にか見せており、その矛先が自分へと向けられていた。

「さぁ、悪党《きょうしゃ》！　この愉快な展開にはどんな結果が待っているんだ⁉」

安全圏でシリカは嬉々《きき》とした表情を浮かべ叫ぶ。

固有魔法《オリジナル》が畏怖の象徴とされるのは、圧倒的な強力さだ。

他の魔法とは違い、己の潜在能力《ポテンシャル》を最大限発揮させるために生まれたものは、既存の魔法より洗練されている。

例えるなら、自分好みの料理を作っているようなものだろうか？　市販されているものや誰かが作るよりも、己が好みを熟知しているが上に追求しやすく、他者のイメージが介入していない分作りやすい。

固有魔法《オリジナル》とは、そういうもの。

自分のためだけに全ての無駄を排除し、より多くの敵を葬《ほうむ》るために作られたものだ。

故に、眼前に広がるのは強力無慈悲。

容赦のない、圧倒的な暴力である。

しかし——

「無問題《モーマンタイ》」

アルヴィンは驚きはしたものの、すぐさま表情を変えて再び腰の剣を抜く。

己の魔法で生み出したものはあくまで氷の塊だ。ゴーレムを破壊した時のように耐久力で勝ることも可能だが、立て続けに耐えられるかは分からない。

ならば、鉄でできた剣を扱う方が賢明。

アルヴィンは大きく息を吸うと、腰を低くして剣を構えた。

その瞬間、四方から隙間なく埋められた土のギロチンを――

「この程度でやられるようじゃ、姉さんは守れないよ」

――一閃《いっせん》。

四方のギロチンを粉砕した。

「……は？」

いや、正確には自身に影響が出る範囲のギロチンを破壊したと言うべきか。

ただ、剣を下から背後まで弧を描くように振っただけ。そして、更に今度は横にもう一度。

一応、理論上は自身の周囲だけを破壊して生き残ることは可能だろう。

だが、あくまで理論上の話だ。

同時に迫るギロチンを文字通り瞬《また》く間に切り崩し回避して見せるなど、並の騎士にはできない。

更にはここに、四方から迫る脅威に対する恐怖心や、粉砕するほどのパワーといった要因が加算される。

いくら剣に長《た》けている人間だったとしても、このような芸当は無理だ……ましてや、見た目が己よりも若い子供に。

だからこそ、シリカは思わず口を開けて呆《ほう》けてしまった。

「脱出ショーなんてマジックではありきたりでしょ？　別に手品師《マジシャン》が力業を使っちゃいけないって道理もないし、驚きすぎじゃない？」

自身の周囲を砕いてしまえばあとは簡単だ。

離れたところで高みの見物をしていた人間の操るギロチンをゆっくりと砕き、剣の間合いまで近づけばいい。

アルヴィンは剣を振るい、徐々にシリカへと足を進めていく。

「いや……いやはや、驚いた」

迫り来るアルヴィンを見て、シリカの頬が少し赤に染まる。

「素晴らしいッ！　素晴らしいぞお前！　大抵の人間はここでダウンするのだが、私もこのあとがあるとは予想外だ！　どれだけお前は私の機嫌を取れば気が済むんだ⁉」

固有魔法《オリジナル》は別に一度きりの魔法ではない。

使用者の魔力がなくなるまでは際限まで扱えるし、固有魔法《オリジナル》が最大の武器とされる魔法士は魔力の総量を上げるために特訓する。

一度破られたからといってなんだ？　別に、私はまだ全力で放ったわけじゃない。

「ならもっと付き合え悪党《きょうしゃ》！　貴様も、これ以上の高揚がほしいだろ――――」

だが、シリカが口にする前に。

「劇場開幕《アル・セシリア》」

先に、アルヴィンの口が開いた。

「固有魔法《オリジナル》――『硝子《ガラス》の我城』」

景色が一変する、というのは正にこのことだろう。

先程まで薄暗い地下であり、シリカが己の魔法で変形させた地形や風景があったはずなのに、何故《なぜ》か視界には自身の姿が映った硝子が広がっていた。

さながら、自身の姿が映ってしまうほど透き通った氷の中に閉じ込められたかのように。

シリカは目の前に広がった景色を見て――今までに味わったことのないぐらい、背筋を震わせていた。

(騎士をも凌《しの》ぐ剣の腕前や他の武器をも扱う近接戦闘能力がありながら、固有魔法《オリジナル》まで扱える魔法士……ッ！)

ははっ、と。

思わずシリカは笑いが零《こぼ》れてしまった。

「貴様のような強者が、まだ私よりも若い⁉　天才なんて言葉では飾れない……異端児《きょうしゃ》、感謝する！　この高揚は、あとにも先にも二度と味わえないものだろう！」

一度、王家の魔法士団のトップと手合わせをしたことがあった。

何度も、悪党を相手に魔法を撃ったことがあった。

しかし、どちらにもこの高揚は訪れなかったのだ。

何故か？　きっと――

「私は諦めんぞ！　この才能を何度も味わいたい」

――己以上の、圧倒的才能に出会ってしまったからだ。

「言っておくけど、僕は悪党じゃないから」

その瞬間、四方を埋め尽くす氷の中から何人ものアルヴィンが拳を握った。

そこから生まれた結果がどうなるかなど、もう言わなくてもいいだろう。

シリカの意識は、ここで綺麗《きれい》に途切れる。

「姉さんを傷つける野郎と一緒にすんな、クソ戦闘狂《バトルジャンキー》が」

魔法士は近接戦に慣れていない。

逆を言えば、近接戦に持ち込むことこそが、魔法士最大の攻略法とも言える。

「帰って君の妹に事情でも聞いておきなよ。もちろん、僕は匿名扱いだけど」

だからこそ、肉弾戦に持ち込んでしまえば……天才が、異端児に勝てるわけがないのだ。

◆◆◆

今回、アルヴィンを奴隷売買の元凶に引き合わせたのはレイラであった。

独自のルートでアジトを突き止め、アルヴィンを引き連れ彼に任せ、そのあとのフォローまでがレイラの役割。

馬車を何台か用意し、攫《さら》われた人達を衛兵の駐屯地まで送り届けたあと、その人間達から今までの売買に関する情報を入手する。もしくは、合流できたアルヴィンから話を聞くことなのだろうが——今回、レイラはアルヴィンから少し不思議なことを言われた。

『ごめん、悪気はないし完全に不可抗力だったんだけど……追加のフォローとかお願いしてもいい？』

なんの話なのだろう？　詳しく尋ねようとするとすぐに足早に帰っていってしまうし、レイラとしてはよく分からなかった。

とりあえず自分の部下に攫われた人間を任せ、一人追加のフォローを履行するために地下へ向かう。

すると——

地下には、大の字で仰向けに寝そべっている見知った人間がいたのだ。

レイラは頬を引き攣《つ》らせながら、ふと天井を仰ぐ。

(まったく、大した面倒事を押し付けちゃって)

倒れている女性――自分の姉を見て、ある程度レイラは状況を把握してしまった。

シリカがアカデミーに帰ってくる情報は入手していた。任務を終えてか、任務があるついでに戻るのかは不明だったが、今の状況を鑑《かんが》みれば恐らく後者だろう。

奴隷売買の一件は王国魔法士団が請け負っていたらしく、きっとシリカはその担当員だ。

そこでようやく拠点を突き止め、突撃したところに事を済ませたアルヴィンと鉢合わせ。

どういう経緯か戦闘になってしまい、自分の姉が負けてしまったのだろう。

(うちの姉も、同世代じゃ群を抜くほどの実力なのだけれど)

彼には敵《かな》わなかったみたいね、と。

想《おも》い人の姿を思い浮かべ、どこか誇らしげな表情になったレイラ。

とはいえ、とりあえず放置しておくのはマズいと判断してレイラはシリカを回収しようと近づいた。

そして――

(あぁ、なるほどね……)

「……なんだ、妹か」

仰向けで倒れていたシリカが口を開いた。

「あら、起きてたの？」

「ご丁寧に手加減されたようだからな。おかげで、すぐに目が覚めた……が、肝心の人間は逃がしてしまった」

手加減をされて負けた。

姉のことをよく知るレイラだからこそ、改めてアルヴィンの実力に感嘆してしまう。

「それで、何故お前がここにいる？　その様子を見るに、今回の一件を知っているようだが」

「さぁ、なんででしょうね？　恋愛に興味がない姉さんは知らないでしょうけど、ミステリアスな女性の方が魅力的らしいわ」

「ふんっ、口がよく回る。その分、剣でも振っていたらどうだ？　そのままじゃ、いつまで経《た》っても凡人だぞ」

「……相変わらず、嫌なところを突いてくるわね」

立てる？　と、レイラは手を伸ばそうとするが、シリカは首を振って自分で起き上がる。

それを見て小さくため息を吐《つ》くと、レイラは壁際《かべぎわ》で気絶している商人の男へと向かい、首根っこを摑《つか》んだ。

「……そいつは？」

「姉さんがほしがっていた相手よ。私は別に手柄がほしいわけじゃないし、久しぶりに姉孝行でもしてあげるわ」

レイラはシリカへと男を乱雑に投げる。

ほしがっていた相手とは、もちろん今回の黒幕だ。それを妹から聞かされたシリカは一瞬だけ首を傾《かし》げた。

すると、何か辻褄《つじつま》が合ったかのように思い直したような表情を浮かべる。

「ということは、あいつはレイラと同じ目的でここに来ていたのか。というより、レイラの仲間、か」

「……まぁ、そういうことね」

あいつとは、きっとアルヴィンのことだ。

どんな勘違いで戦闘になってしまったのかは知らないが、これでようやく誤解も解けたということ。

追加のフォローはこれぐらいでいいかしら？　と、レイラは久しぶりに出会った姉妹の交流を終えるかのように踵《きびす》を返そうとする。

しかし、ここでシリカから待ったをかけられた。

「つまり、我が妹はあいつのことを知っているわけだな？」

「……だったら？」

「教えろ」

シリカは起き上がり、レイラへと近づく。

その時のシリカの表情は倒されたからかとても怒気に……満ち溢《あふ》れておらず、好奇心がありありと滲《にじ》んでいた。

まるで、新しい玩具を見つけた子供のように。

そんな姉の顔を見て、レイラは頬を引き攣らせて――

(あぁ、ごめんなさい……これは無理だわ)

姉を知っているからこそ、心の中でアルヴィンに手を合わせる。

「どこのどいつだ!? あの仮面の男は私よりもずっと強い！　聞いたこともないぞ、騎士でありながらも固有魔法《オリジナル》を扱う人間など!?　是非とももう一度手合わせしたい……できれば、手に入れたい！　彼を！　これほど高揚したのは久しぶりなんだ！」

レイラは姉の性格をよく知っている。

強者でありながらも強者を好む戦闘狂《バトルジャンキー》。気に入った相手はどうしてもほしがってしまう我儘《わがまま》人間で、色恋沙汰よりも才能と実力を好む。

アカデミーに戻ってくると聞いて、レイラは色々と考えていた。

アルヴィンの実力を見せれば、絶対にシリカはアルヴィンを気に入り、彼の望む生活から遠ざけてしまうだろう。

だから、レイラはアカデミー内での対策を今まで練ってきたのだ。

しかし、それはあくまでアカデミーでの話。

アカデミー外で接触してしまったのなら——

(はぁ……面倒なことになったわ)

嬉々《きき》とした表情を浮かべ迫ってくる姉を無視して、レイラはそっと天を仰いだのであった。

義弟

無事に奴隷として人を攫っていた悪徳商人は捕まった。

結果的に王国魔法士団の手柄となったのを見るに、レイラが姉であるシリカに手柄を譲ったのだろうと推測される。

アルヴィンとしては自堕落ライフのためにも手柄など足枷《あしかせ》にしかならないため、ぶっちゃけそこら辺はどうでもよかった。

問題は、レイラの姉であるシリカと出会ってしまったこと。

仮面越しとはいえ、接した感じやはり戦闘狂《バトルジャンキー》な姉に実力を見せてしまったこと。

以上が問題であり、目下更に大問題となっているのが、シリカがアカデミーに復学するということである。

アカデミーに戻ってくれば、シリカとアルヴィンが出会ってしまう可能性がある。

仮面を被《かぶ》っていたとはいえ、少しでも力の片鱗《へんりん》を見せれば気づかれてしまうだろう。

レイラから「ごめん、追加フォロー無理だったみたい」と言われてしまったアルヴィンは、色々対策を練ることにした――

「姉さん……僕、姉さんのことが好きだよ」

あの一件の翌日。

早朝の訓練の間にある小休憩中、アルヴィンは珍しくそんなことを言い始めた。

「ア、アルくんっ！」

もちろん、対面にはセシルの姿。

弟から念願の「好き」発言をいただいたからか、感極まった表情で涙を浮かべていた。

そして、すぐさま近くにいたリーゼロッテに駆け寄り、この表現し難《がた》い感情を共有せんと腕を掴む。

「リ、リゼちゃん……アルくんが、アルくんがぁ！」

「はいはい、分かりましたから。そんな可愛《かわい》らしい顔を崩してまで泣かないでください」

まるでお姉さんのような対応をするリーゼロッテ。

セシルの念願が叶《かな》ったというのに、随分ぞんざいな扱いだ。

本来だったらもっと友人のために喜んでいいと思うのだが、そうではないらしい。

そこも含めて気になったレイラは、アルヴィンに近寄ってこっそり耳打ちをした。

「ねぇ、アルヴィン……珍しく素直だけど、どうかしたの？」

「別にまったくこれっぽっちも微塵《みじん》も全然素直じゃないけど、姉さんを気分良くさせて今日は早退させてもらおうと思ってる」

「あぁ……」

リーゼロッテ様はそれが分かっているのか、と。

ようやく辻褄が合ったレイラであった。

「今日からレイラのお姉さんって復学するんでしょ？　アカデミーは広いとはいえ、鉢合わせしちゃう可能性あるし」

「そうね、もう登校してるんじゃないかしら？　今住んでる家が違うから分からないけど」

「当座凌《しの》ぎにしかならないと分かっていても、今日は早退したい。なんならもう卒業したい」

アルヴィンの言う通り、今日早退しても復学したシリカはアカデミーに通い続ける。

任務でまた休学になることはあるだろうが、それもいつになるか分からない。

あくまで当座凌ぎ。それと、単に面倒くさいので家に帰ってゴロゴロしたい。

そのためには、親代わりでアルヴィンの面倒を見ているセシルを説得するしかない。

とはいえ、セシルが弟自慢の機会を失うような真似《まね》をするとは思えないので、とりあえずおだてる作戦へと移行。

だからこそ、いつもなら絶対にしないこんな姉弟関係が崩れるような発言をしているのだ。

「でも、そんなので大丈夫かしら？」

「大丈夫、姉さんにはとにかく『好きだ』って言っておけばチョロさ全開対応してくれるからさ！」

「いえ、ご両親に『両想《おも》いになった』って報告をして婚約とか進めそうなのだけれど」

「………………」

盲点であったと、納得させられたアルヴィンであった。

「リ、リゼちゃん……私、今から早退するね！　ハネムーンは海の見える観光地ってお母さん達に報告してこなきゃいけないから！」

「待つんだ姉さん！　新婚旅行までの過程があたかも決まったような報告を僕は許した覚えはないっ！」

立ち去ろうとするセシルの腕を全力で引き留めるアルヴィン。

早退したいはずの人間が別の人間の早退を止める構図と言うのも珍しい。

「だって、アルくんとようやく両想いになったんだよ⁉　私のウェディングドレスをようやくクローゼットから引き出せる時がきたんだよ⁉」

「引っ張り出すタイミングと相手が違うってことに気づくんだ姉さん！」

「たとえ早退したいからって理由でも好きだって言ってくれたんだよ⁉」

「そこには気づいてほしくなかったよ姉さん！」

弟のことがよく分かっている姉らしい。

それを踏まえても強硬手段に移ろうとするのもセシルらしい。

「落ち着いてください、セシル。今日は生徒集会の打ち合わせがあると言っていたではありませんか」

「うぅ……私は今すぐにでもお父さん達に報告しに行きたいのに」

「あと、アルヴィン様も早退は認めませんからね」

「うぅ……僕にも僕なりの理由があるのに」

「……姉弟揃《そろ》って同じような反応をしないでください」

しょんぼりと肩を落とす二人を見て、リーゼロッテはため息を吐く。

リーゼロッテに言われてしまえば、セシルをどうこう説得しても意味がない。

相手は王女であり自分の上司。いくら権力よりも自堕落優先なアルヴィンでも、この人の説教だけは嫌だと、過去一度怒られた経験から大人しくなった。

「まぁ、学年も所属している場所も違うし、会うことはないでしょ」

「えーっと、どなたのお話でしょう？　それに、早退したがっていたのは知っていますが、どうしてまた急に？」

「え、えーっと……ひ・み・ちゅ♪」

「……アルヴィン様」

「やだ、美少女からの冷たいジト目って照れるー」

なんでもないんです、と。アルヴィンはリーゼロッテのジト目に対して深い意味はないんだと首を横に振った。

（まぁ、悪人捕まえている時に私の姉さんと出会《でくわ》したんです……なんて言ったら面倒だものね）

どうして危ないことをするのか、知られれば話が広がるかもなどと。

アルヴィンが黙秘に走った理由を察するレイラ。

その時――

「リーゼロッテはいるか？　それと、我が妹にも会いに来たぞ！」

そんな声が訓練場に響き渡った。

誰だろう？　反射的に気になって皆が視線を入り口の方へと向ける。

そこには学生服の上からローブを羽織り、サラリとした赤い長髪を靡《なび》かせる見覚えのある少女の姿が――

「散開ッ！」

――見えたので、アルヴィンはその場から駆け出した。

「どこに行くの、アルくん？」

「けぷっ」

駆け出したはいいものの、すぐさまセシルに捕まってしまうアルヴィン。

鶏のような鳴き声が聞こえたのは、恐らくセシルが摑《つか》んだ場所が襟首だったからだろう。綺麗《きれい》に首が絞まっている。

「もぉー、まだ訓練残ってるよ？　アルくんのサボり癖はお姉ちゃん知ってますけど、許した覚えはありませんっ！」

「わ、分かった……分かったからとりあえず手を離そうか。このままじゃ羽の生えた可愛い女の子と雲の上でご対面しちゃう……ッ！」

「誰よその女！」

「ええ、きっと天使でしょうね死後に出会う！」

どうやらお空の上で出会う女の子まで浮気《うわき》範囲らしい。

将来は地獄しか許されないのかなと、離してもらったアルヴィンは逃げられない現状と合わせて涙目になった。

「お久しぶりですね、シリカ様。三ヶ月ぶりでしょうか？」

「最近は任務が立て込んでいたからな、恐らくそれぐらいだろう」

「相変わらずお忙しいお方で」

「仕方あるまい、強者の責務だ」

自慢しているのかしていないのか。

どこか誇らしげに口にするシリカを見て、リーゼロッテは微笑《ほほえ》ましい上品な笑みを浮かべる。

その時、ふと別の方向から一人の女の子が勢いよく駆け寄ってきた。

「シリカさんっ！」

「おぉ、ソフィア！　お前、騎士団に入っていたのか！」

そのまま駆け寄ったソフィアはシリカの胸へ飛び込んでいく。

「お久しぶりですっ！」

「入学おめでとう。しかし、私は少し悲しいぞ？　ソフィアの実力であれば魔法士団に入ってくれると思っていたんだが」

「あぅ……こちらの方がお給金が高いので」

「貸した金は返さなくてもいいとレイラは言っていなかったか？」

「言ったわよ、ちゃんと」

レイラがようやく口を開く。

昨日出会ったからか、ソフィアやリーゼロッテのような再会を喜ぶ空気は見せなかった。

「ふむ、レイラも真面目に訓練しているみたいだな。その向上心は褒めてやろう」

「上からな発言をどうも」

「ソフィアはちゃんと走れるようになったか？　体力は魔法士でも重要だぞ？」

「はいっ！　二周ぐらいは息切れせずに走れるようになりましたっ！」

二周なんだ、と。胸を張るソフィアを見てアルヴィンはどこか微笑ましく思った。

「シリカちゃん、お久～！」

その時、先程までアルヴィンの首根っこを摑んでいたセシルがシリカに向かって手を振った。

同じ三学年だからだろう。リーゼロッテと同じく、仲のいい相手みたいだ。

「久しぶりだな、セシル。相変わらず能天気な可愛い顔をしよって」

「え、それって褒めてる？」

「それと――」

そしてようやく、シリカの視線がアルヴィンへと向いた。

「そいつは？　見かけない顔だが……」

ビクッ、と。アルヴィンは視線が向けられたことによりセシルの後ろへと隠れた。

反射的に「あ、甘えん坊さんターンなの⁉　お姉ちゃんとのスキンシップご所望なの⁉」と喜んでいるセシルの後ろに隠れたのは、先日顔を合わせてしまったからだろう。

いくら仮面をつけていたとはいえ、背格好の共通点はある。気づかれないかもしれないが、そんな懸念《けねん》により反射的に身を隠してしまった。

しかし、そんなアルヴィンの心など知らず、セシルは胸を張って誇らしげに口にした。

「ふふんっ！　この子はアルくん……私の弟だよ！」

「ほほぅ……ということは、こいつが噂《うわさ》に聞く公爵家の面汚しか」

シリカはあまり社交界に顔を出していない。

貴族の集まりより己の実力を磨く方を好んでいるというのもあるだろう。

一方で、自堕落ご所望なアルヴィンも今まで社交界にはあまり顔を出してこなかった。

おかげで一度も顔を合わせることなく、噂だけ頭に入ってくるという状況が完成してしまう。

とはいえ——

「あ？　今、こいつなんて言った？」

「どうどう。僕は懐《なつ》かしいフレーズを久しぶりに聞いて嬉《うれ》しいぐらいなんだ。だからその抜刀しかけている手を離すんだ」

弟を馬鹿にされたセシルをアルヴィンが食い止めるような形になってしまった。

「まぁ、弱者に興味はない。これ以上君を怒らせるような発言はしないさ」

煽《あお》っているのか煽っていないのか。

さも興味がなさそうにアルヴィンから視線を逸《そ》らしたシリカ。

流石《さすが》は強者にしか興味のない戦闘狂《バトルジャンキー》。その対応が余計にセシルの堪忍袋《かんにんぶくろ》の緒を刺激するのだが、アルヴィンは内心少し安心していた。

(よかった……あの反応だと、僕に興味は持たれなそうだ)

このまま接点が減ってくれれば、実力がバレることもないだろう。

アルヴィンはセシルを押さえながら胸を撫《な》で下ろす。

「えーっと……アルヴィン様が弱者、ですか？」

「ソフィア、今はその疑問だけはやめなさい」

とはいえ、気を抜けばすぐにでも露呈してしまいそうだが。

「それで、どうしてシリカ様は騎士団へ？　魔法士団の方へ顔を出されるのかと思っていたのですが」

「いやなに、久しぶりにリーゼロッテと手合わせがしたかったのだ。アカデミーで私の次に実力があるのは貴様だからな」

なるほど、と。

リーゼロッテは頷《うなず》いて、何故《なぜ》かアルヴィンの方へと視線を向けた。

それどころか、ソフィアや傍《そば》で見守っていた騎士団の面々までもアルヴィンへと不思議な視線を向ける。

「や、やだなー！　そんな熱い視線を向けられても下半身にしか元気が集まりませんよーー！」

あーっはっはっはー、と。誤魔化そうと笑うアルヴィン。

何やら漂い始めた嫌な予感を自堕落センサーが感じ取ったのだろう。

しかし、何かを感じ取ったのは決してアルヴィンだけではなかった。

「こ、これはっ！」

高笑いをするアルヴィンを他所《よそ》に、セシルの目がクワッ！　と見開かれる。

そして――――

「何言ってるの、シリカちゃん……」

マズい、これはマズい。

嫌な予感が更に威力を増して自堕落センサーに引っ掛かったアルヴィンは反射的にセシルの口を塞ごうと手を伸ばした。

だが、時すでに遅し。

「今のアカデミー最強はね、うちのアルくんなんだよっ！」

弟自慢センサーがビンビンに反応してしまったセシルの発言は、止めることができなかった。

◆◆◆

やぁやぁ、早速始まったよ弟自慢。

ここ最近『なんだかんだ公爵家の面汚し実はやる説』が広まっていたおかげか、あまりセシルの奇行はなかった。

だがしかし、煽られたこともあって再びセシルの中に眠る「自慢したい」という欲が燃焼。

見事なドヤ顔を見せ、愛くるしい胸を張る仕草を久しぶりに拝むことができた。

きっと、この姿を見ただけで「わぁー、可愛《かわい》い！」と黄色い声援と男達からの熱い視線を向けられるのは間違いないだろう。

しかし――

「教室へ行こう、ソフィア！　今からトゥデイの授業の予習をしなくちゃ！」

「アルヴィンさんから金輪際聞くことのないはずだったセリフが飛び出ました……ッ！」

アルヴィンにとっては、とてもとても嫌なこと。

故に、颯爽《さっそう》と踵《きびす》を返そうとしたのだが、ソフィアが寸前でアルヴィンの腕を掴むことに成功する。

「何をするのソフィア⁉　新手のスキンシップ⁉　それとも求愛行動⁉」

「ふえっ⁉　ち、違いますよ⁉　まだ予習には早いお時間だから止めているんですっ！」

どうやら、彼女はまだ訓練が終わっていないから教室に行かせたくないらしい。決して、求愛行動ではないとのこと。盛大にお顔が真っ赤ではあるが。

「おや、その声……」

一方で、セシルの自慢を受けたシリカはゆっくりとアルヴィンへ近づいた。

逃げ出したい。そんな気持ちがありありと湧き上がってくる中、ソフィアがしっかりと抱き着いているので抜け出せないやわっこい心地いい。

「お前、どこかで私と会ったことはあるか？」

「ッ⁉」

そういえば、地下でシリカと戦った際は普通に会話をしていたような気がする。

昨日今日の話だ、顔は分からなくとも声は覚えていてもおかしくはない。

シリカの反応が危ういと感じたのか、アルヴィンとシリカとの間にすぐさまレイラが体を割り込ませてきた。

「き、聞き間違いじゃないかしら？」

「そうか？　と、言いたいところだが……お前の反応が怪しいな。珍しく動揺している」

しまったと、そう思う頃にはもう遅い。

レイラの横を通り過ぎ、逃げようとして止められているアルヴィンの元へシリカが辿《たど》り着く。

そして、ゆっくりとアルヴィンへと端整な顔を近づけた。

「な、なんでしょう……？　今日は美少女からの色んな視線を受けて一躍有名人になった気分です」

「いやなに、よくよく見れば背丈も雰囲気もどこかで見たことがあるような気がしてな」

「パ、パーティーで出会った、とか？」

「ふむ……」

しばらくシリカが顎を摘んでマジマジとアルヴィンを見つめる。

すると――

「やはり見覚えしかないな」

――地面から鋭利な槍《やり》がアルヴィン目掛けて飛び出した。

「えっ」

恐らく、この中で一番驚いたのはソフィアだろう。

アルヴィンを逃がさないよう必死に捕まえていたと思えば、眼前に突如槍が飛び出してきた。

何故？　どうして？　そんな疑問よりも、単純に目の前に槍が前触れもなく現れたことの方が大きい。

第三者《ソフィア》ですら驚くぐらいだ。槍を向けられている当事者にとっては不意でしかなく、威力も鑑《かんが》みるに避けられないようなもの。

しかし、アルヴィンは眼前に槍が迫った瞬間、小さな氷の塊を目の前に出現させて難なく防いだ。

——その間、約一秒弱。

だからこそ、今の行動は反射的だったのだろう。

とはいえ、反射的だったからこそ防げなかったこともある。

「ハハハッ！　やはりな、貴様はこの前の男だったか！」

シリカは楽しそうに口角を吊《つ》り上げると、視線をアルヴィンへと向ける。

またしても反射的。アルヴィンは舌打ちをすると、ソフィアを抱えて後方へと飛び退《の》いた。

「きゃっ！」

ソフィアの可愛らしい声が響いた瞬間、アルヴィンのいた場所へまたしても土の槍が飛び出る。

「ちょ、ちょっと姉さん！」

「止めるな、レイラ！　あの時顔の分からなかった異端児がまさか公爵家の面汚しだったんだぞ⁉　サプライズを受けた人間が興奮するのもおかしくはあるまいッ！」

さぁ、もう一度、と。

シリカはアルヴィンへと手をかざし——

「そこまでです、シリカ様」

「アルくんは自慢したいんだけど、流石の私もこれ以上は見過ごせないよ」

――た途端、シリカの首へ二刀の剣が当てられた。

セシル、リーゼロッテ、シリカ、この三者の動きが止まる。

「ほぉ……私と戦《や》るというのか？」

「戦《や》っても構いませんが、よもや私達二人を相手に勝てるとお思いで？」

「それは傲慢じゃなくて驕《おご》りだよ、シリカちゃん。リゼちゃん一人でも圧勝できないのに、大口叩《たた》いちゃうと恥ずかしいよ？」

沈黙……重い沈黙が訓練場に広がる。

周囲にいた蚊帳《かや》の外の騎士団の面々ですら、思わず息を呑んでしまうほど重たい空気。

それが数秒か数十秒か――しばらく続いたのち、ようやくシリカが肩を竦《すく》めた。

「分かった、やめておこう。戦《や》ってはみたいが、復学初日から授業に遅れるのもよろしくはないからな」

シリカが諦めたことにより、ようやくリーゼロッテとセシルの剣が首から離れた。

やっと重たい空気が消えた。そのことに、周囲は安堵《あんど》する。

しかし――

（私は反応できなかった）

止めようと思ったはずなのに、と。

レイラは即座に剣を向けた二人を見て自嘲気味に苦笑いを浮かべると、そのままアルヴィンの方へと近づいた。

そして、何故かアルヴィンが涙を流しながらレイラへと駆け寄る。

「もぉー、なんなのさあいつー！　もうやだよ、御社の教育方針ってどうなってるのジャンキー育成方針なの⁉」

「ごめんなさいね、うちの姉が」

「あはは……そういえば、シリカさんってあのような人でしたね」

レイラは泣く子供をあやすようにアルヴィンの頭を撫《な》でた。

身内のせいで迷惑をかけたはずなのに、何故か庇護《ひご》欲をそそられてしまう。

その時――

「よし、決めたぞ！」

突如、シリカがふんぞり返って大きな声を出す。

「こいつを、私の弟にする！」

あまりに身勝手、あまりに唐突。

いきなりどうしたのか？　一瞬言葉が理解できなかった面々は呆《ほう》けた顔を見せる。

しかし、この場で今の発言に関わりのあるアルヴィンとセシル、レイラはすぐさま

「「「はぁ⁉」」」


意味が分からない、と。

そんな気持ちがありありと伝わってくる反応を見せた。

「何を言ってるの、姉さん⁉」

レイラがいきなり口走ったシリカへと詰め寄る。

どうしてアルヴィンを弟にすると言い始めたのか？　と、普通なら思うだろうが、妹であるレイラは姉の発言をすぐさま理解した。

「あのね、姉さんがアルヴィンのことを気に入ったからと言っていくらなんでも……」

「ダメか？」

「ダメか？　の前にできないわよ……」

はぁ、と。レイラは頭を抱えてため息を吐《つ》く。

その時、わなわなと震えていたもう一人のお姉ちゃんが守るようにアルヴィンへと駆け寄って唐突に抱き締めた。

「ダ、ダメだよ⁉　アルくんは、私の弟なんだから！」

「ね、姉さん……甲冑《かっちゅう》がめり込みそう……」

「めり込みそうなら大丈夫！」

「めり込み始めているッッッ！！！」

セシルの熱い抱擁により、セシルの甲冑がへこみ始めている現状。

完全に巻き込まれ事故だと、アルヴィンは悲しくなった。

「何を言っている、セシル？　大事なのは本人の意思だろうに」

「この人本人の意思を決めずに言ったのに⁉」

「アルくんは私の弟！　そして、私の婚約者！」

「姉さんも後者に本人の意思を添えてくれお願いだから！」

などなど、本人の意思をまったく考慮に入れないままシリカとセシルの間に火花が散る。

傍《はた》から見守っているリーゼロッテやソフィアは、あまりの急展開に傍観者側へと回っていた。

「っていうか、赤の他人なのにアルくんを弟にできるわけないじゃん！　あれなの？　世の概念まで不遜にも捻《ね》じ曲げようとする勇者なの？」

「元よりセシルも赤の他人だっただろう？　それに、赤の他人を弟にする方法がないわけではあるまい」

そして、シリカの視線が横にいるレイラへと向いた。

何よ、と。暴走し始めている姉にたじろいだレイラだが、シリカは無視して言葉を続ける。

「レイラと結婚させる。そうすれば、義弟にできるしな」

「はい⁉」

「本当に何を言っているの、姉さん⁉」

確かに、妹であるレイラとアルヴィンが結婚すれば、シリカとの関係は義理の姉弟となる。

セシルのように養子というわけではないが、戸籍上は間違いなく家族だ。

「幸いにして、レイラと面汚《つらよご》しは仲がいいみたいだしな。問題はあるまい」

「問題しかないですけど⁉」

当事者であるにもかかわらず自分の意思を無視され続けていたアルヴィンがようやく口を開く。

「それに、どうして弟なんですか！　話の最初から理解できないんですけど、初対面さん！」

「何を言っているんだ、婚約者を練習台《サンドバッグ》にできるわけがないだろう？」

「弟も練習台《サンドバッグ》にするんじゃねぇよ……ッ！」

余計にこの人の弟にはなりたくないと思ったアルヴィンであった。

「まぁ、落ち着け。ここは当事者の意見も聞こうじゃないか」

ここで言う当事者とはレイラのことだろう。

「だから僕が一番の当事者なんですけどー！　お耳と頭はご病気ではありませんかー!?」

シリカがアルヴィンを弟にするには、レイラがアルヴィンと結婚しなければならない。

だからか、シリカはそっとレイラの肩へと手を置いて意見を仰いだのだ。

「はぁ……ガツンと言ってやってよ、レイラ。このままじゃ、僕が面白おかしな練習台《サンドバッグ》にされちゃ──」

「……………………………あ、ごめんなさい。考えごとしてたわ」

「レイラさァん!?」

まさか、彼女の中に一考する余地があったとは。

何も考えることはないはずなのに考え込んでいたレイラに、アルヴィンは思わず驚いてしまう。

「さっきから言いたいことばっか言ってくれちゃって……」

限界を迎え始めたのか、アルヴィンを抱き締めていたセシルの体がプルプルと震え始める。

「アルくんのお姉ちゃんは私なの！　結婚するのも私なの！　それを第三者が勝手に変えるのは許さないんだよ！」

「僕も第三者に許した覚えはないよ結婚をッ！」

「私達はね、ハネムーンの行き先まで決めてるんだからぁー！」

「決めてない！　その前にハネムーンまでの過程も容認していないッッッ！！！」

話がどっちに転んでも平和ではない。

アルヴィンはツッコミにすこぶる忙しかった。

「弟と結婚など……馬鹿じゃないか？　振り回される弟の身にもなってみろ」

「現在進行形であなたに振り回されていますけどね……」

「まぁ、落ち着け義弟《アルヴィン》よ。私が義姉になればいいことはたくさんあるぞ？」

甘い誘惑だろうか？　好条件を提示して、自分の気持ちを揺さぶろうという作戦なのだろうか？

残念ながら、アルヴィンはそんな甘い言葉で惑わされるつもりはなかった。

何せ、義弟を練習台《サンドバッグ》にするような人間だ。いくらお金や自堕落な時間を保証してくれたとしても、待っているのはそのまま悲しい練習台《サンドバッグ》ライフだろう。

それに、結婚までは認めてはいないが、セシルとは家族だと己が認め、約束しているのだ。

この決意と約束を、たかがポッと出の甘言が惑わせるわけもない。

「ハッ！　いくら僕の心を揺さぶる甘い条件を出しても無駄ですよ。その程度で、僕が揺さぶられるわけが――」

「私の弟になれば、毎日戦闘三昧だ」

「せめてメリットを提示しません⁉」

本当に説得する気があるのかと、アルヴィンは思わず敵の心配をしてしまった。

「ふむ……ではこうしよう」

アルヴィンのツッコミすらも無視して、シリカは手を叩く。

「私とセシル、どちらが面汚しの姉として相応《ふさわ》しいか勝負しよう。やはり、義弟にするのであれば姉の魅力を語るのが一番だからな。言うなれば、姉力勝負というものだ」

本当に何を言い出すんだ。

アルヴィンはまたしてもわけの分からない提案にげっそりとする。

「はぁ……姉さん、こんな勝負乗らなくてもいいからね？　これ、完全に向こうが勝手に

「――」

「姉、力……？」

「ね、姉さん？」

どうして反応するのか？　どこか嫌な予感がし始めたアルヴィンは思わずセシルの顔へ視線を向ける。

すると、端整な顔立ちに添えられた透き通った瞳に、何故《なぜ》か燃えるような闘志が宿っていた。

「姉力と言われて、現役お姉ちゃん……ううん、アルくんのお姉ちゃんとして黙ってはいられないんだよ」

「ちょ、姉さん!?」

この流れはマズいと、アルヴィンはセシルの口を塞ごうとすぐさま手を伸ばした。

しかし――

「いいでしょう、その姉力勝負……受けて立つよ！」

かくして、口を塞ぎ遅れたことによって新しい勝負が成立してしまった。

ジャンルは『姉力』。今ここに、当事者ガン無視の弟を巡る争いが始まる。

姉力勝負

姉力とはなんぞや？　そう疑問に思う人も多いだろう。

弟歴十年弱のアルヴィンが語るに、姉力とは『弟を満足させてあげられる力』のことらしい。

姉とは頼れ、包容力があり、面倒見がよく、弟の一番の理解者。それこそが姉であり、弟が求めるものなのだ。

恐らく、セシルとシリカはそこを競おうとしているのだろう。

一体どんな勝負となるのか？　是非ともこの戦い、注目して――

「いけるわけないじゃん……ッ！」

時は過ぎ、放課後。

さぁ、今夜も訓練だと気合いを入れるはずの訓練場にて、アルヴィンは絶賛地面に拳を叩《たた》きつけていた。

「安心して、アルくん！　お姉ちゃんはお姉ちゃんなんだってところをちゃんと見せつけてあげるから！」

「なんだろう……僕が膝をついている理由を理解者が理解してくれていない気がするこのガッカリ感は……」

アルヴィンの横には、鼻息を荒くして訓練にではなく姉力勝負に息巻くセシルの姿が。

闘志を宿し、豊満な胸を強調している姿は何故かアルヴィンと野郎の目を引いた。

そして、対面には学生服の上からローブを羽織る、これまた豊満な胸を持つ美少女の姿もある。

「ふんっ、怖気付《おじけ》かずよく来たな」

「なんで姉さんが偉そうなのよ……」

はぁ、と。面倒なことになったとため息を吐く女の子。

今日は一段と同情できるなと、シリカの横に立つレイラの姿を見てアルヴィンは素直に思った。

「姉力勝負……私、ちょっとワクワクしていますっ！」

「ふふっ、私もかなり気になっております。滅多にこういう勝負など行われないので」

「傍観者がお気楽すぎて僕は悲しい……」

今回、まったく無関係なリーゼロッテとソフィアは瞳をキラキラさせながら傍《そば》で見守っていた。

まるで奇天烈《きてれつ》なサーカスでも眺めるお客のよう。

そちら側に回りたかったなと、切実に思うアルヴィンであった。

「って言うよりさ……僕、一個聞きたいんだけど」

チラリと、アルヴィンは訓練場の客席の方へ視線を移す。

そこには——

『なぁ、セシル様とシリカ様が勝負するらしいぜ！』

『どっちが勝つんだろ……姉力って話だったし、分からないよね』

『俺はセシル様だな！　あの包容力……誰にも負けていない！』

『いやいや、それならシリカ様だろう。あの不遜で引っ張っていってくれる様は頼もしさしかない』

『ビジュアルはお二人共素敵よね……』

——客席を埋め尽くすほどの生徒《ギャラリー》がいた。

「……ねぇ、どうしてスポーツ大会みたいな学校行事になってるわけ？　これって身内だけのバトルじゃなかったの？」

「ふふんっ！　やっぱりアルくんのお姉ちゃんは私だけ……そうっ！　こんな素敵な男には私が相応しいってことを改めて証明しないといけないからね！」

「その見せつけのためだけにわざわざ呼んだのかこの愚姉は……ッ！」

身内の恥どころか他人の身内の恥すらも広めてしまったセシル。

首席と人気者パワーは、ついに他人へ迷惑をかける域にまで達してしまったようだ。

「それで、勝負は何をするの？」

「まぁ、急《せ》かすなセシル。落ち着きがない姉など、弟は迷惑にしか思わんぞ？」

「ぐっ……そ、そんなことないもんっ！　こういうギャップのある可愛《かわい》らしい部分はアルくんの大好物なんだから！」

「いや、僕もどちらかというと落ち着きがないのは──」

「唇が寂しくなっちゃった」

「──超大好物です」

脅迫だけで勝負がつきそうだなと、傍《はた》から見ていたレイラは思った。

「まずは審査員から決めるとしよう。その方が公平だからな」

「え、アルくんじゃないの？」

「馬鹿を言え、公平性を担《にな》うのであれば客観的な判断がいるだろう？　それこそ、裏で八《や》百長《おちょう》でもされてしまえば私の勝ち目はなくなるからな」

シリカの言うことはごもっともだ。

確かに、アルヴィンとセシルが裏で「お姉ちゃんを勝たせて！」「うん、分かった！」などとやり取りをしてしまえば、この勝負など単なる八百長で終わってしまう。

いくらギャラリーが多く、不正の瞬間が目撃されるとはいえ、裏の八百長など分からない。唇を使って脅迫でもされれば、それこそ綺麗《きれい》な八百長の完成だ。

故に真剣に、公平に行うのであれば第三者を立てる必要がある。

「そんなことしないよ!? っていうか、そう言って自分に有利な人を立てて優位な勝負にしようってわけじゃないよね!?」

「ふむ、であればソフィアとリーゼロッテ……面汚《つらよご》しは確定として、レイラの四人で評価してもらうとしよう。そちらの騎士団過多な構図であれば、私の贔屓目《ひいきめ》は消えるだろうさ」

「ぐぬぬっ……！」

確かに、ソフィア、リーゼロッテは騎士団の面々。

レイラは身内だとしても、この面子《メンツ》だと確かに贔屓目に思われることはないだろう。むしろ、公平と謳《うた》いつつもセシルの方に贔屓目が向けられる可能性が高い。

反論ができなくなってしまったからか、セシルは開始前から悔しそうな表情を浮かべると、シリカに向かって指をさした。

「いいでしょう！　それで勝負だよ！！」

「よし、なら決まりだな」

話は纏《まと》まったようだ。

しかし――――

（僕の話なのに、僕の意見がまったく反映されてない……）

なんて非情な世界なんだと、アルヴィンはそっと涙を流した。

◆◆◆

「さぁ、やってまいりました……姉力勝負。姉と言う存在は弟や妹に安心感を与え、頼られ、甘えられる存在。正に家庭内における女神。一体、どんな勝負が行われるのでしょうか――」

訓練場真ん中にいつの間にか設置された椅子とテーブル。

そこで、アルヴィンは拡声させる魔道具を片手に今か今かと待ちわびていた。

「片や僕の姉にしてアカデミー首席。その人気は学年を飛び越え、アカデミー全体へ――アスタレア公爵家ご令嬢、セシル・アスタレア！」

「お姉ちゃん、頑張るよー！」

『『『『うぉぉぉぉぉぉぉぉぉぉぉぉぉぉぉぉぉっ！！！！』』』』

セシルが手を振った途端、客席から割れんばかりの歓声が上がる。

アルヴィンも口にした通りの、凄《すさ》まじい人気っぷりであった。

「片やレイラ・カーマインの姉にして魔法士団団長。実力は文字通り、正に天才級——カーマイン子爵家ご令嬢、シリカ・カーマイン！」

「よろしく頼む」

『『『『うぉぉぉぉぉぉぉぉぉぉぉぉぉぉぉぉぉぉぉぉぉっ！！！！』』』』

シリカも続くようにして小さく手を振る。

またしても客席から歓声が上がり、訓練場は稀《まれ》に見る盛り上がりっぷりを見せていた。

流石《さすが》はアカデミーの首席と現役魔法士の戦いといったところだろうか。

「さぁさぁ、姉の頂点に立つ少女は一体誰なのか⁉　本日、その結果が明らかに……ッ！」

「ノリノリね」

「こうでもしないとやってられないからね、巻き込まれた側は」

横に座るレイラの視線を受けて、アルヴィンは盛り上がりから一転してげっそりとした表情を浮かべる。

元より、シリカやセシルがこんな舞台と勝負を用意していなければ、今頃家に帰って自堕落な生活を送れたのだ。

頼れる存在と言うより邪魔しかしない存在なのではと、最近かなり自分で口にした姉の定義が変わってきそうであった。

「っていう感じで盛り上げたのはいいけど、姉力勝負って一体何をするの？　膝枕？」

「なんでさも姉の行動で膝枕が代表格みたいな言い方をするのよ」

「アルヴィンさんって膝枕お好きですよね！」

「だって……あの太股《ふともも》が」

「結構今の際《きわ》どい発言よ」

いいじゃないか、と。拗《す》ねるように口にする。

その時――

「あ、何をするかはこれで決めればいいわよ」

一緒の席に座っていたレイラが徐《おもむろ》に下から少し大きめの箱を取り出した。

「これはなんですか？」

「昨日、姉さんに言われて作らされたの……」

「なるほど、くじ引き形式か……色々ご愁傷様です」

どうして姉がいる人間は苦労人が多いんだろうと、そう思いながらアルヴィンはすぐに箱の中に手を突っ込んだ。

巻き込まれたレイラのためにも、早い内に終わらせないと。

そんな思いと共に引っ張り出した紙。そこには――

「えーっと……『膝枕』？」

「なんでベストタイミングでそれを引き当てるのよ」

「僕に言われても」

自分だってまさか膝枕が飛び出してくるとは思わなかった。

そもそも、膝枕で一体どんな勝負をするのか？　引いたアルヴィンですら、よく分からない。

そこへ、リーゼロッテが少し頭を悩ませながら口にする。

「無難な発想ですが、アルヴィン様へ交互に膝枕をしてどちらが気持ちよかったかを決めるという流れでしょうか。もしくは、客観的に絵面を――」

「……どうしてリーゼロッテ様はこの状況で真剣な顔ができるんですか」

王女様はこういう余興や遊びがお好きなようだ。

「ふむ、膝枕か。私はやったことがないが、それも姉の務めと言うのであればやるしかあるまい」

会話を聞いていたシリカがズカズカとアルヴィンの元へ近づく。

こちらもあまりに真剣な顔をしているものだからか、アルヴィンは咄嗟《とっさ》に身構えてしまった。

しかし、次に起こったことは――単純に、シリカがその場で正座をしたというもの。

そして、ポンポンと己の太股を叩《たた》いてアルヴィンに視線を送った。

(あぁ……これ、やらなきゃ終わらないやつだ)

公衆の面前、多くの注目。

その中で自分の膝枕シーンが晒《さら》され、評価の対象となる。

目立ちたくないライフを送りたかったはずなのに、これは一体どういうことなのだろう？

大好きな膝枕でも、流石にこれには気恥ずかしさが込み上げてくる。

とはいえ、やらなければ終わらない話。アルヴィンはため息を吐《つ》きながらシリカへと近づき、そのまま寝転がって頭を太股に乗せた。

「どうだ、未来の義弟よ？　中々よい心地だろう？」

「ふむ」

見上げると、眼前には美しい顔立ち。面影が似ているからか、いつぞやレイラにされた膝枕を思い出してしまった。

女性らしい柔らかな感触に甘い匂い。確かに、訓練場というゴツゴツとした地面なのだが、この枕一つでつい微睡《まどろ》みに身を委ねたくなる。

「アルヴィン様の表情……これは中々高得点ですね」

「あのお顔は、気を抜けば眠ってしまいそうなものなのではないでしょうか⁉ 流石、シリカさんですっ！」

「人の姉で放送ギリギリの顔をされると複雑なものがあるわね……私だって膝枕してあげたのに」

ガヤというか審判というか。

真剣に自分の顔で評価されていることに対して、何故《なぜ》か先程まで寄り添ってくれた微睡みが一切現れなくなってしまった。

「ふっ……甘いね、シリカちゃん」

そんな時、傍から見ていたセシルが不敵に笑う。

「なんだと？」

「シリカちゃんはなんにも分かっていないね。お姉ちゃんがする膝枕……その真髄っていうものが！」

逆に彼女は膝枕の真髄をどうして知っているのだろう？　元々そんなものがあったのかと、ドヤ顔を見せる姉を見て疑問に思うアルヴィンであった。

「じゃあ、次は私ね！」

そう言って、セシルはアルヴィンの下に近づいて同じように正座をした。

二回もやる面倒さと羞恥からか、中々アルヴィンの腰というか頭は重かったのだが、やらなければ終わらないという状況が渋々セシルの膝の上に頭を乗せさせる。

こちらも同じようにいい心地だった。それどころか、いつもやってもらっている影響で妙に安心感さえ抱かせる。

そして――

「……お疲れ様、アルくん。いつもありがとね」

「ッ⁉」

耳元でそっと、そんな声を囁《ささや》かれた。

甘く、とろけてしまうような。くすぐったくも脱力してしまうような。

更には、小さくゆっくりと華奢《きゃしゃ》な手が頭に添えられ、そのまま優しく撫《な》でられる。

「流石はセシルですね……やっていることが上級者です」

「はわわ……アルヴィンさんの顔、すっごく気持ちよさそうです！　これが姉力というものなのですか！」

「……なるほど、アルヴィンはあれがいいのね。今度してみようかしら」

はて、自分の顔は一体どんな表情をしているのだろう？　ギャラリーの声が異様に心配を駆り立てるのだが、何故かアルヴィンの頭が上がらなかった。

「アルくん、お姉ちゃんの膝枕とシリカちゃんの膝枕、どっちがいい？」

ふと、セシルがアルヴィンの頭を撫でながら勝負の答えを尋ねる。

すると――

「え、姉さん」

即答であった。

「ふふっ、やっぱりアルくんは可愛《かわい》い子だなぁ」

よしよし、と。

悔しそうな表情を浮かべるシリカを他所《よそ》に、セシルは上機嫌な顔でアルヴィンの頭を撫で続けるのであった。

『えーっと、次は……決闘？』

まずは勝負あり。やはり普段こなしまくっている膝枕だったからか、セシルの勝ちで終わった姉力勝負は次の勝負へ。

客席に座っている生徒達からの注目を浴びながら箱から引いたカードは、なんと『決闘』であった。

「ふふふ……決闘だってさ、これでようやく白黒つけられるね」

「今までも白黒つけてきたと思うんだが。もちろん、私の白星でな」

「い、今までの私は負けちゃったけど、もう前とは違うんだからねっ！　それに、弟の前ではお姉ちゃんは負けない生き物なんだから！」

「ほほぅ？　なら、未来の義弟の前だ……今回も私が勝つのだろう」

「ぐぬぬぬ……！」

カードを引いてからというもの、距離を取ってスタンバイしている二人に火花が散る。

そのやる気は審査員席にまで届いており――

「……なんで姉力勝負に決闘なんか入れちゃったの、レイラ」

「私も思ったんだけれどね……これ入れないと、姉さんは納得しなかったから」

「……あの戦闘狂《バトルジャンキー》、目的履き違えてないよね？」

「ほんと、うちの姉がごめんなさい……」

遠い目になるアルヴィン。

どちらも身勝手な女の子によって生まれたもので、それを傍《はた》から見ていたレイラは罪悪感いっぱいだった。

しかし、客席は『決闘』のカードに大盛り上がり。

それもそのはず――対戦者はアカデミーの首席で騎士団の副団長を務めるセシルと、魔法士団の団長を務めるシリカ。

どちらもアカデミー屈指の実力者であり、中々滅多にお目にかかれない一戦だ。当然、好奇心を煽《あお》られる要素が揃《そろ》った現状に盛り上がらないわけがない。

「リーゼロッテ様はレイラのお姉さんと戦ったことってあるんです？」

ふと気になり、アルヴィンはいつの間にか優雅に紅茶を嗜《たしな》み始めたリーゼロッテへと尋ねた。

「そうですね……実際に剣のみの勝負であればありますよ。お恥ずかしい話、負けてしまいましたが」

「へぇー」

「ですが、魔法を私も使ってもいいという勝負であれば、負けない自信はあります」

リーゼロッテはアルヴィンほどではないが、魔法と剣の両方を扱う生徒だ。

剣と魔法の組み合わせは、正にオールラウンダー。実際に戦闘という面だけ捉えれば、同年代では群を抜いているだろう。

どちらとも戦ったことのあるアルヴィンは「確かにいい勝負しそうだな」と、勝手に想像してしまった。

その時、唐突に横から制服の袖を引かれる。

「あの、アルヴィンさん」

「ん？」

「今更思ったんですけど、どうしてアルヴィンさんはシリカさんに気に入られたんですか？」

そういえば、言っていなかったような気がする。

理由を察しているレイラとアルヴィンは状況を呑《の》み込んでいるが、よくよく考えればソフィアやリーゼロッテは突発的なイベントで頭が追いついていないだろう。

むしろ、ここに至るまでよく付き合ってくれたものだ。

「それは私も気になっておりました。シリカ様に気に入られるなどよっぽどなことをされたのではないでしょうか？」

「大したことはしてないっすよ。ただ偶然出会って、ただ正面から気絶させただけですから」

「……アルヴィンさん、ただって表現が少し違うと思います」

シリカは学生の身でありながら王国の魔法士団に所属するほどの実力者だ。

対峙《たいじ》したことのあるリーゼロッテも、親しいソフィアもシリカの実力を知っている。

そんなシリカに「ただ」という表現をしてしまうぐらいの結果で勝ったのだ。ソフィアのツッコミは的確だろう。

「はぁ……立会人で長年の付き合いで今更だけど、悲しいぐらい天才って身近に転がってるのよね」

「いやいや、たまたまだよ。僕は無能で公爵家の面汚《つらよご》しって呼ばれるぐらいの人間ですからね、えぇ！　それはもう御伽噺《おとぎばなし》序盤でやられるモブぐらい雑魚《ざこ》中の雑魚――」

「いや、姉さんに気に入られてる時点で説得力ないから」

「アルヴィンさん、もう無理がありますよ」

「無理って何⁉　僕の自堕落ライフ金輪際無理って言いたいの⁉」

「あう……」

「こらこら申し訳なさそうな顔しないで余計に説得力増すからッッッ！！」

直球《ストレート》に言われるよりも現実を突きつけられているような気がしたアルヴィンであった。

「まぁ、あまりアルヴィン様と比べない方がよろしいかと。この方は少し外れていますから」

「待ってください、その外れているって頭のネジ的な話ですか？」

「いえ、常識から外れているという意味ですよ」

「どちらにせよ嬉《うれ》しくない……ッ！」

常識の枠内で平凡に生きたかったアルヴィンは少しだけ涙を浮かべる。

そして――

「むきー！　もう絶対許してあげないんだからっ！　アルくんのお姉ちゃんポジは絶対に渡してあげるもんか！」

「かかってこい、セシル。強者には敵《かな》わないことを凡人に教えてやる」

スタンバイしていた二人がそれぞれ構え始める。

開幕の狼煙《のろし》を、誰が上げるわけでもなく両者で勝手に上げてしまった。

一方で――

（さて……）

レイラは一人、達観した様子で空を仰いだ。

（これ、どうやって落としどころを作ろうかしら）

しかし、そんな思いとは裏腹に後始末を考慮に入れていない二人のうち、セシルが真っ先に動いた。

行動は至って単純、背中に携えている剣を抜いて地を駆ける。まずはこれだけ。

「お姉ちゃん、アルくんのためにも頑張るよっ！」

セシルの実力は、騎士団の中で三番目になる。

これはアルヴィン、リーゼロッテといったオールラウンダーを入れての数字であり、純粋な剣だけで言えばリーゼロッテと肩を並べる。

その実力は正しく文武両道のアカデミー全学年の首席を任せられるほどであり、間違いなく文武を兼ね備えた天才の枠に入るだろう。

しかし、周囲に認められてもなおセシルは最近少し悩んでいることがあった。


『私、まだまだ弱いや』

アルヴィンの実力を知り、同じ境遇である禁術使い《ジャックソーサラー》に負けて思った。

守ってくれると約束してくれて、アルヴィンはこれまでずっと……セシルの知らぬところですら履行してくれた。

けど、自分は？　守られてばかりでいいのか？

二度と、サラサのような不幸に見舞われる人が出ないように、自分は立派な騎士になりたい。

けれど、今のままではアルヴィンに守られるだけの存在だ。

だから――

「セシルさんの剣、あんなに大きかったですか……？」

セシルが地を駆けた瞬間、ソフィアのそんな声が耳に届いた。

今まで外野の声やら姉力勝負といった戸惑いによって気づかなかったが、セシルの持っている剣は確かに大きかった。

持っている少女の身長を遥《はる》かに超え、傍から見ていてもズッシリとした重量感を覚える。

更には、剣と呼べるか不思議なほど先端が鋭利ではない。

尖《とが》っているのではなく、角を増やしたようなもの。

刺すことは考慮していない――どこか、殴るために造られたような。

「あぁ、僕が薦めたんだよ」

「うん、姉さんは小回りを利《き》かせて戦うより力業の方が合うと思ってさ」

実のところ、セシルは意外と力が強かった。

いつぞや、己の肉を引き千切り鎖から手を抜いたことがあったのがいい証拠かもしれない。

セシルは鉄の剣ですら軽々と振り回せるし、両手用の剣ですら片手で扱うことができる。

もちろん、それでも問題ないだろう。素早く振り回せるのであれば、素早い剣戟《けんげき》を繰り出せるのだから。

ただ、せっかくなら。

せっかくなら、持ち前のパワーを活《い》かせるような武器にした方がいい。

パワーを活かすなら、パワーに比例する重量を剣に与え、相手を攻撃した方がいい。

(まさか姉さんに剣の相談を受けるとは思っていなかったけどね……)

しかも結構直近だったよねと、アルヴィンはふと思い出して苦笑いを浮かべた。

そんな中、セシルは大剣を手に持ち迷わずシリカへと突貫していく。

「ははっ！　そんな奇天烈《きてれつ》な武器で注目を集めたところで、新しい玩具《おもちゃ》の関心しか集められんだろう!?」

「そうなんですか？」

魔法士の戦闘スタイルは遠距離戦。

騎士の戦闘スタイルは近接戦。

故に、この戦いは如何《いか》に自分の土俵で戦えるかが勝負の鍵となってくる。

だからこそ、シリカは無詠唱でいくつもの巨大な土の柱を生み出して波のようにセシルを襲わせた。

「遠慮なし……結構っ！」

セシルは口元を緩めると、土の柱の波に向かって思い切り大剣を薙《な》いだ。

「アルくんの前だもん！　隣に立つ女の子っていうのを見せないといけないからね！」

質量に合わせて、遠心力が加わる。

その一撃は軽々と柱の波を砕き、次のセシルの一歩を促した。

「以前だったら、姉さんの魔法は今のでセシルの進行を確実に阻止していたわね」

「うんうん、姉さんにあの武器を教えてよかったよかった」

「ふふっ、アルヴィンさんのオススメはばっちりだったってことですね！」

「ですが、皆様――」

リーゼロッテが注意するように口にする。

「――シリカ様、まだ魔法を一発撃っただけですよ」

瞬間、セシルの背後から数十本もの土の槍《やり》が出現する。

遠距離戦を望む魔法士であれば、相手を近づけないよう進行方向へと距離を取らせるため、正面から攻撃するのが定石。

しかし、次に現れたのは不意を突くかのような背後からの魔法。

詠唱をしないからこそ、発動までの時間を短縮し——相手に気取らせない。

だが、セシルは大剣を地面に突き立て、その勢いのまま体を上へと飛ばせた。

「っと、あぶにゃいっ！」

アクロバティック、素晴らしい反射神経。

イメージとしては、曲がらない棒を使って咄嗟《とっさ》に高跳びをしたような行為だ。

そして、セシルは弧を描く着地の勢いを借りて、大剣をそのまま地面へと振り下ろした。

「ほほう！　大道芸の次は手品か、セシル⁉」

巨大な質量が叩《たた》きつけられたことにより、訓練場には一気に土煙が舞い上がる。

傍《はた》から見ているアルヴィン達の視界も、客席にいる生徒達の視界までも一瞬にして奪っていった。

（シリカちゃんの視界は奪った）

セシルはその瞬間、己も視界が悪い中そのまま真《ま》っ直《す》ぐ駆ける。

（こっちは場所覚えてるもんね！　魔法士は、基本その場から動かないでしょ♪）

魔法士は騎士ほど運動神経を持ち合わせていない。

何せ、ヒットアンドアウェイの戦闘方針が基本スタンスであるが故に、近接戦闘の術よりも魔法の向上を図るからだ。

逆に迫ってしまえばこっちのもの。この一瞬のためだけに、セシルは土煙を上げた。

土煙が晴れる一瞬さえあれば、だいぶ近づくことができる。

「甘いぞ、セシル」

しかし、巨大な土の壁が訓練場の端から端まで、セシルの前に立ちはだかるかのように出現する。

「見えないからといって、私の優位を奪えると思うな？」

「やだなー、傲慢はお腹《なか》いっぱいだよ」

「何を言う、育ち盛りはまだまだお腹空いているだろう？」

セシルは臆することなく、土煙を越えて姿を現した壁に向かって突進した。

眼前まで迫れば、あとは己の得意なパワーを使って壁を壊してしまえばいい。

一振り。たったそれだけで、行く手を阻《はば》む壁は己の進路を開いてくれる。

だが――

「ほら、主食の前の前菜のプレゼントだ」

壁を壊した途端、セシルの正面から細い土の柱が腹を思い切り突いた。

「かッ⁉」

「さぁ、距離が離れてしまったんだが……」

セシルの体が訓練場の端までバウンドする。

その頃には土煙は晴れ、視界が開けた訓練場では一人悠々と立つシリカが不敵な笑みを浮かべていた。

「よもや、これで終わりなわけがないよな、セシル⁉」

吹き飛んだセシルを見て、シリカは高揚したような声を上げる。

今回の『決闘』はもちろん、非殺傷を前提にしたものだ。

セシルの剣も刃を潰しているし、シリカも殺傷に至るような魔法を封じている。

故に、今行われている決闘の決着はどちらかの降伏か戦闘不能でつく。

とはいえ、この場で安易に「参った」と口にする人間は恐らくいないだろう――

「た、たった一回当てたからっていい気になっちゃって……ワンシーンだけで深読みしすぎちゃうと、あとあと恥かいちゃうよ？」

「安心しろ、物語は基本浅く読むタイプだ。どうにも私は活字が苦手でね」

フラフラと腹を押さえて起き上がるセシル。

細い柱だったからこそ、面積の少ない一点にのみ強烈な一撃が入る。

（ちくしょー……私の攻撃を目眩《めくら》ましに使われたー）

セシルは唾を吐いて内心で舌打ちをする。

今の一撃、間違いなくセシルの不意をついたものだ。巨大な土の壁を生み出し、セシルの突進を遮るためだと勘違いさせ、セシルが壁を壊した瞬間、瓦礫《がれき》に紛れ込ませながら一瞬の気の緩みを突く。

間違いなくセシル自身が起こした目眩ましがあったからこそ、今の攻撃は成立したのだ。

（魔法が扱えるだけの天才じゃないってことは分かってたもん）

多くの魔法が使えるだけでは二流。

戦闘において上手《うま》く魔法を使うものこそが一流であり、シリカは自他共に認める魔法士である。

正式な騎士になれていないセシルとは違う。同じ土俵であれば、シリカの方が上。

「だからといって、たったこれだけで諦めるわけないもんっ！」

アルヴィンの手助けをもらわず、強敵に勝つ。

守られるだけの存在を抜け出すために、セシルは再びシリカへと肉薄した。

「芸がないのもつまらん。遊び心もあってこそ、強者《アルヴィン》の姉に相応《ふさわ》しいと思わんか？」

シリカは肉薄するセシルを見て、悠々とした態度で指を鳴らした。

現れるのは、先程の壁より少しは低いゴーレムが三体。それでも、人の身長など軽々と超えている。

「これも無詠唱って……ッ！」

「どうしたお姉ちゃん！　君の弟は、こんなゴーレムなど余裕で壊していたぞ⁉」

だったら姉がしないわけにはいかない。

避《よ》けて、合間をくぐって迫るのではなく、堂々とセシルはゴーレムに対峙《たいじ》する。

恐らく、それは『アルヴィンにはできた』という言葉に反応した姉の矜持《きょうじ》故だろう。

大剣を振るうことで足を砕き、体勢を崩したところで顔を叩き割る。斬る……というよりは、殴るという表現の方が正しいかもしれない。

ゴーレムが背後から襲いかかってくるものの、セシルは拳に大剣を合わせて弾き、同じ要領でもう一体を壊していく。

だが――

「別に私は三体しか扱えないというわけではないぞ」

セシルを取り囲むようにして、更に五体のゴーレムが出現した。

「固有魔法《オリジナル》に比べれば、いくら木偶《でく》の坊を増やしたとて然程《さほど》気にする魔力消費量ではないからな」

「何それ、見栄《みえ》張ってるの？」

「見栄を張るべきは今のお前の方だろう？」

さぁ、この数をどう相手にする？　と。

シリカは不遜な笑みを浮かべながらセシルを挑発する。

「こんなゴーレム……ッ！」

セシルは気圧《けお》されることなくゴーレムを破壊していく。

ゴーレムから繰り出される拳や足を見事なステップと身体能力で避け続け、隙を見つけた瞬間に着実に崩し、破壊していく。

——間違いなく、今客席で見ている生徒達からしてみれば、この決闘はかなりレベルの高い戦いだと口を揃《そろ》えて言うだろう。

本当に学生のレベルなのか？　なんて、素人《しろうと》丸出しの感想が出てくるかもしれない。

しかし、やはり。

セシルは、いくら周囲にどう褒められようとも……この勝負を逃したくはなかった。

もちろん、アルヴィンの姉という立場を守るためというのもあるだろう。

だが、それ以上に――

「私だって、大好きな彼《アルヴィン》を支える存在になりたいんだからッッッ！！」

――その声は、間違いなく審査員席にまで届いていた。

ソフィアは顔を赤くし、リーゼロッテは頑張れと声をかけ、当のアルヴィンはかなり気恥ずかしいような、それと同時に嬉《うれ》しいような、複雑な表情を浮かべて。

そして、レイラは……素直に、凄《すご》いと。そう思ってしまった。

（……真っ直ぐ）

とても真っ直ぐだ、セシルの気持ちは。

たった一人の異端児の隣に立つために。持っている才能をフルで妥協などせず磨き、発揮し、優しい彼を支えてあげたいと思っている。

彼女の気持ちはとても共感できるものであり、同時に嫉妬してしまうものでもあった。

（彼女は、彼の隣に立つためにまだ努力する）

もう、羨ましく思ってしまうほどのポジションに立っているというのに。

それがズルいと、卑怯《ひきょう》だと、思わずにはいられ――

（……って、ダメね。割り切ったはずじゃない、そのことは）

レイラは首を振って少しだけ自分の太股を抓《つね》った。

忘れようと、己には己の役割があるじゃないかと。そういう切り替えのために。

だが、直後。

「弟と張り合うのは構わんが……敵の位置ぐらいは確認しておけ、凡人」

大剣を振るっていたセシルの頭上に、シリカの姿が現れる。

ゴーレムの頭上に乗るような形で。

（いつの間に!?）

シリカの声に合わせて、セシルの顔も上がる。

先程まで訓練場の隅にいたはずなのに。気がつけば何故《なぜ》かゴーレムの一つの上に現れていた。

何故？　どうして？　大剣を振るっていたセシルの思考に空白が生まれる。

ただし、それは致命的で明確なたったコンマの隙だ。

「案外楽しかった。まぁ、あいつほどではなかったがな」

シリカが指を鳴らす。

「ま、ず……ッ!?」

その瞬間、周囲のゴーレムが一斉に爆《は》ぜた――

「はい、そこまで」

――瞬間、瓦礫全てが透明な氷で覆われた。

「ごめん……姉さんに怪我《けが》なんかさせたくないから、割り込んじゃった」

そして、これもいつの間にか……セシルの体を抱くようにして、アルヴィンが白い息を吐きながら姿を現す。

なんで割って入って来たのか？　そんなの誰に言われるまでもなく決まってる。

「ははは……ごめんね、アルくん」

「何が？」

セシルはどこか自虐的な表情を見せた。

それでも笑っているのは、弟の前では明るく振る舞いたいという……これもまた、姉の矜持だろう。

「……お姉ちゃん、負けちゃった」

◆◆◆

『いやぁー、さっきの戦いは凄かったな！』

『あぁ、セシル様は敗れてしまったが、相手はあのシリカ様だから仕方ないっちゃ仕方ないか』

『何せ、アカデミーきっての魔法の天才だからな！　魔法士の面々とは比べ物にならねぇ！』

　決闘勝負は無事に終幕。

　アルヴィンの介入によって決着はついた。

　まだやれただろうに、なんて口にするものはいない。

　もしもあそこでアルヴィンが割って入っていなければ、逃げ場を失っていたセシルは間違いなく怪我をしていた。

　殺傷まではいかないが、戦闘不能になるだろうというのはアルヴィンが凍結させた瓦礫の量と、一瞬だけ見えた爆発の威力によって理解させられる。

　故にこの決闘――勝敗に関する異論など、どこにもない。

『しかし、見たかよ最後のあれ』

『一学年の間で公爵家の面汚《つらよご》しの話はよく挙がっていたが……まさか本当だったとはな』

『私見てたけど、あれ無詠唱だったよ』

『マジで⁉　っていうことは、あの規模の魔法を……天才だな』

訓練場から続々と出て行く生徒達の声が耳に届く。

それを、一人訓練場の外にあるベンチにもたれかかりながらレイラは耳にしていた。

(これで、アルヴィンの実力はほぼアカデミー中に広まったわけね。ギャラリーがあれだけいれば、噂《うわさ》の否定も難しいでしょ)

視線の先は青空。澄み切って果ての見えない景色を、ただただ仰ぐように見る。

(…………)

脳裏に浮かぶのは、最後の光景。

きっと、観客も審査員席に座っていた人間も、誰もアルヴィンが飛び出した瞬間に気づいていなかっただろう。

もし気づいている人間がいたとすれば、リーゼロッテぐらいだろうか？　気づいた時には、アルヴィンはセシルの元へと向かっていて、シリカの魔法を全て防いでいた。

いくら素人に毛が生えた程度の人間でも、一瞬の隙に起こった出来事を見ればアルヴィンの実力を信じざるを得ない。

流石《さすが》はアルヴィンだわ、と。レイラは素直に思う。

では何故、自分は今現在、打ちひしがれたように空を仰いでいるのだろうか？

『ごめん……姉さんに怪我なんかさせたくないから、割り込んじゃった』

あの時のアルヴィンは、間違いなくセシルのために駆け出した。

真っ先に、迷いなく、誰の目にも留まらない速さで。

多分、言葉では否定こそすれど、彼の優先順位は間違いなく彼女だ。姉ではなく、女の子として。

博愛でも正義でもない。単純に親愛か責任といった類の感情だろう。

(相棒では勝ち取れないポジション……)

相棒は相棒。パートナーと言い換えられ、耳触りはいいものの、所詮は赤の他人のジャンルだ。

望む隣というポジションには若干の差異がある。

若干と言いつつも、自分にとっては大きな、すでに割り切ったはずの――

「ここにいたか、レイラ」

ふと視線を前に向ける。

いつの間に近づいていたのだろうか? 目の前には、見下ろすようにして立つ見慣れた姉の姿があった。

「どうした？　弱者らしい苦悩の表情をしよって」

「煽《あお》ってるのか心配しているのか、ハッキリしてくれない？」

「ふむ……普通に疑問だが？」

「…………」

　こいつ、いつかぶん殴ってやる。自分の姉にそこまで怒りを覚えたことはなかったが、初感情の生誕である。

「……私だって、たまには一人になりたい時ぐらいあるわよ」

「義弟とセシルの関係にでも嫉妬したか？」

　ギクッ、とはならない。ただただゆっくりと、レイラはシリカへと視線を向ける。

　それが肯定と受け取られたのか、シリカはさも興味なさげに話を続けた。

「凡人が凡人に甘えているからそうなるのだ。せっかく私が私都合で好機を与えたのだから、お前は少し欲張って凡人から足を踏み出せば結果は変わっていただろうに」

「…………」

「あぁ、好きだ嫌いだの問答はやめよう。仮にも私は姉で、どの凡人よりもお前を見てきた。今更『違う』などと否定するな？　私にとってはカラスの黒色説を提唱するぐらいには確定事項だ」

レイラは何も言わない。

容赦なく向けられる言葉に対して、否定も反論も異議も賛同も合意もない。

ただただ、小さな見栄《みえ》を張って大人な沈黙を貫いているだけ。

それが面白くなかったのか、シリカは肩を竦《すく》めてレイラに背中を向けた。

「その点、セシルは前より雰囲気が変わったな。凡人でも『欲《ほっ》する』ことに素直だ。お前も少しは、現状維持と環境に甘えずアプローチの方法でも考えてみるといい。本来弱者には微塵《みじん》も興味はないが、仮にも妹だからな。便乗するなら席ぐらいは空けておいてやる」

「………………」

「では、私は行くぞ。ユーリが弱者のクセに顔を出せとうるさいからな」

そう言って、訓練場とは別の方向へシリカは歩き出した。

方向から考えて、恐らく魔法士団の訓練場にでも行くのだろう。その背中をジッと見つめながら、レイラは大きくため息をついた。

「……凡人が天才に見てもらえる方法、他に何があるっていうのよ」

その言葉は、誰からの返答もなく。

周囲から聞こえてくるありとあらゆる雑音によって掻《か》き消された。

◆◆◆

――どこか姉さんの様子がおかしい。

そう思ったのは、決闘が終わって家に帰った頃だった。

「姉さん……あの、そろそろ離してもらえると……」

腹に一撃をもらっただけだったからか、セシルにこれといった怪我はなかった。

一応安静ということになって家に帰ってきたのだが、現在アルヴィンは少し困ったような顔をしている。

何故か？　それは――

「……やだ」

セシルはアルヴィンの胸に顔を埋《うず》めながらギュッと更に力を込める。

甘えてはいるのだろうが、どこかいつもとは違う。

こう、イメージとしては「アルくん～♪」と言いながら嬉々《きき》としてハグをするのが普段で、今は「……アルくんから離れたくない」と拗《す》ねるように駄々をこねながらハグをしているような形……だと思う。

スキンシップにしてはいつもと感じが違うことに、アルヴィンは少し複雑な心境になっていた。

だからか、あまりいつものように突き放すことができない。

「やだ、じゃなくて。このままだと夜ご飯食べれないよ」

「……使用人にここまで運ばせる」

「ほら、お風呂《ふろ》にも入れないし」

「……一緒に入る」

「寝ることも――」

「……一緒のベッド」

なんだろう、テンションが違うだけで要求はいつもと何も変わっていないような気がするのは。

「一番目はともかく、二番目以降は子供テンションでも許容しないからね……」

「やだやだ、アルくんとこのままがいい」

「はぁ……」

迷惑は迷惑なのだが、いつもとは違ってしおらしいから対応に困る。

突き放したい気持ちはあっても、突き放すのは可哀想《かわいそう》といった要素がアルヴィンの胸の内を襲った。

とはいえ、こんな様子になってしまった原因というのを一応は理解していて――

「そんなに負けたことが悔しかったの？」

「……うん」

アルヴィンが止めに入ったからといって、勝敗が決まらなかったわけではない。

観客も、審査員席にいたレイラ達も、戦っていた本人達もしっかりと理解していた。

もし、あれが実戦であれば……最後の魔法は間違いなく致命傷。動けなくなったところに更に追い打ちをかけられ、命を落としている。

自他共に認められる決着だったからこそ、襲いかかってくる敗北感というのは凄《すさ》まじい。

何せ、言い訳にできる異論が何もないのだから。

「お姉ちゃんなのに、アルくんの前で負けちゃった」

「いいじゃん、負けても。次があるんだからさ」

「でも……ッ！」

「負けたからって、僕が姉さんをどう思うかなんて変わらないよ」

アルヴィンは優しくセシルの頭を撫《な》でる。

「アルくん、私のためにいっぱい訓練に付き合ってくれた」

「あー、そんなことやったねー……羊を数えていた僕を無理矢理起こして」

「なのに負けちゃった。弟の期待を裏切るなんて、お姉ちゃんとしてやっちゃいけない行為なのに」

「………」

セシルの中で、姉という存在はかなり重く捉えられているのかもしれない。

弟の前ではいいところを見せたい、頼りにならなければならない、心配させてはいけない。

そんな思いが強いんだというのは、この甘えっぷりの変化を見てよく分かった。

確かに、アルヴィンも姉という存在はそういうものなのだと勝手に思っている。

だけど——

「大丈夫、僕の中のお姉ちゃんって姉さんだから」

アルヴィンはセシルの頭を撫でながら口にする。

「理想なんてそもそもないし、姉さんが僕の中でお姉ちゃんっていうか、仮に頼りなくなったとしても僕の中での理想のお姉ちゃん像が変わるだけっていうか……あー、あんまり上手《うま》く言葉にできないなぁ」

こういうこと言うの苦手なんだ、と。アルヴィンは頭を掻く。

「つまり、僕のお姉ちゃんは姉さんしかいないってこと！　姉さんがどんなに落ち込むようなことになっても、僕が幻滅するなんてないから！」

頬を赤らめながら口にするアルヴィン。

セシルは見上げ、その可愛《かわい》らしい反応をする弟に――

「……結論、お姉ちゃんを一番愛してるってこと？」

「待って、今の流れで告白までは流石《さすが》に行きすぎだ」

姉の話をしていたのに異性へいつの間にかワードがすり替えられたような気がした。

「だって、今の頑張って励まそうとしてくれたんでしょ？　気恥ずかしくなってまで言い切ってくれたんでしょ？」

「うぐっ……！　そ、それはそうなんだけど……でも、それは家族としてであって……」

「じゃあ、アルくんの中のお姉ちゃんは優しく頭を撫でながら励ますの？」

言われてみれば、姉を抱き締めながら頭を撫でるのは少しイメージしているお姉ちゃん像とは違う気がする。

どちらかというと、今やっているのは恋人同士がやるような――

「ち、違うっ！　断じて違う！　僕は姉さんだから……家族だからこうしているだけだ！」

「ふふっ、分かってるよ」

可愛らしい反応をしてくれたからか、セシルは少しのしおらしさを見せて微笑を浮かべる。

そしてもう一度、アルヴィンの体へと顔を埋めた。

「……ありがと、アルくん。励ましてくれて」

「う、うん……」

そのしおらしさと素直なお礼を受けて、アルヴィンの胸が思わず高鳴ってしまった。

気恥ずかしいセリフを吐いた時よりも、顔の赤色が濃くなったような気がする。

「よしっ！　落ち込むのはもうお終《しま》い！　これからはいつものお姉ちゃんでいくよ！」

セシルはアルヴィンから離れ、いつものような明るい笑顔を見せた。

もう、先程までのしおらしさは一切窺《うかが》えない。

(やっぱり、姉さんはこっちの方がいいな……)

これは素直な気持ち。

しおらしい姿も確かにアルヴィンの想像している姉《セシル》の姿なのだが、セシルに似合うのはこんな無邪気で可愛らしい姿だ。

そんな元気な姿を見られたことに、アルヴィンもまた口元を綻ばせる。

「っていうわけで、早速お姉ちゃんとお風呂に入ろう！　今日はいっぱい動いて汗かいちゃったからねっ♪」

やっぱり、さっきの方がよかったかも。

なんて思ってしまったアルヴィンはその場から逃げるように駆け出したのであった。

◆◆◆

アルヴィンにとって授業は退屈でしかない。

それは政治や歴史、数学に魔法理論、社会におけるマナーなど、クソほども興味のないことを教えられるからだ。

退屈であれば、自堕落アルヴィンはすぐに微睡《まどろ》みの中へと落ちてしまう。

そのため、大半の授業で爆睡をかまし、何度もソフィアに起こされるというのがアカデミーに入ってから繰り返される日常であった。

アルヴィンとソフィアがアカデミーに入学して一ヶ月強。

アカデミーではしっかりと授業についていけているかを確認するため、この時期に一学年は前に行ったテストよりも成績に関わるテストを行うのであった——

「あぅ……やっぱり点数が低いです」

答案用紙を片手に教室の中でしょんぼりと肩を落とすソフィア。

愛くるしい顔立ちの少女がこんなに可愛らしい仕草をするのだから、周囲にいる生徒は思わず視線を奪われてしまった。

一方で、この教室の中で特段仲のいいお友達であるアルヴィンは机からゆっくりと体を起こす。

「う、ぁ……あれ、もう僕達は大人になったの？」

「あの、深そうな寝言言っている場合じゃないですよ」

マイペースですね、と。ソフィアは寝ぼけたアルヴィンをしっかりと起こすために頭を撫でた。どこか弟ができたような気分だ。

「テストの返却が終わりましたよ、アルヴィンさん」

「もう返却終わったの？　じゃあ、僕のテストは――」

「羊さんを数えている間に、私が取ってきてあげました！」

「おっと、そうだったのね」

お礼を込めて、アルヴィンはソフィアを頭を優しく撫で返す。

それが気持ちよくて嬉《うれ》しかったのか、ソフィアは思わずアルヴィンを撫でている手を止めてだらしなさそうな表情を浮かべた。

なんともイチャイチャで微笑《ほほえ》ましい光景なのだろうか？　周囲で見ていた生徒達はどこかほっこりとしてしまった。

「あ、でも点数は見ていませんからね!?　その、あまり言いたくない点数かもしれないので……」

少し気まずそうな反応。

ソフィアはアルヴィンが常日頃授業をまともに受けていないことを知っている。

故に、あまりテストの点数はよろしくないのだろうと推測した。順当に考えれば、授業をまともに受けておらず、家でもだらけてばかりなアルヴィンがいい点数を取れるとは思えない。

それは周囲で耳を傾けていた生徒達も同じなのか、クスクスとした小馬鹿にする嘲笑が聞こえてくる。

アルヴィンの実力を知ってしまった今でも、面汚《つらよご》しの嫌われっぷりは健在なようだ。

「ん？」

嘲笑に慣れてしまったアルヴィンは、周囲の反応を無視してソフィアの態度に首を傾《かし》げる。

何故《なぜ》気まずそうなのだろう？　テストの結果を見てしまったならいざ知らず、見る前に気を遣うなんて。

「いや、別に見てもいいけど。っていうか、僕興味ないからソフィアが確認してくれるとありがたい」

「え、あっ……いいんですか？」

「まぁね、あんまりテストの点数で一喜一憂する性格じゃないし」

んじゃ、僕はもう一回寝とくから。

そう言って、ソフィアの頭を撫で終えたアルヴィンは再び次の授業まで寝ることを決めた。

本当にいいのだろうか？　そんな疑問がソフィアの頭に浮かぶが、それでも好奇心が少しある。

本人も許可しているため、ソフィアの気遣いは好奇心にすぐ負けてしまった。

「で、では……」

自分の答案を受け取る時と同じような緊張感を孕《はら》んで、ソフィアは答案用紙を恐る恐る捲《めく》る。

すると――

「ひゃ、百点⁉」

ざわっ、と。ソフィアの声に合わせて周囲の生徒達がざわつき始めた。

「これも……これも、これも……全部百点ですっ！　アルヴィンさん、凄《すご》いですよ！　全教科満点です！！！」

今回のテスト合わせて五教科。

ソフィアの捲った枚数は五枚で、その全てに『１００』という数字が赤い文字で書かれていた。

つまるところ、爆睡をかましまくっている生徒が全ての教科においてミスが一つもなかったのだ。

『お、おい……聞いたかよ、今の』

『ははっ、どうせカンニングでもしたんだろ』

『いや、俺あの面汚しの近くでテスト受けてたけどよ、カンニングしてる様子なんかなかったぜ？』

『うっそ、じゃあ本当に……』

ソフィアと同じぐらい驚くクラスメイト達。

一方で、当の騒ぎの張本人は驚いて興奮しているソフィアのボディータッチによって再び微睡《まどろ》みから起こされた。

「あぁ……どったの？」

「どったの？　じゃないですよ！　全教科満点ですっ！」

「いや、だって教材一回目を通せば分かる問題だったし、特段驚くようなことじゃなくない？」

「…………私、もっとお勉強しますね」

「あ、ごめんマジで今のなしっ！　うん、僕が超絶的な運の持ち主でたまたま解答が当たっただけでソフィアが馬鹿だからとかそういうのじゃなくてねだから拗《す》ねないでごめんなさいっ！」

思わずマウントを取り、傷つけてしまったことにアルヴィンは慌ててしまう。

一方で、拗ねてしまったソフィアは机にいじいじと指を遊ばせながら――

（やっぱり、アルヴィンさんは凄い人です……）

魔法の才能もあり、戦闘技術は騎士団の面々を凌《しの》ぐ。

ここに勉学の才能も加わってしまった――これがどれだけ凄いことか。

もう少し普段から本気を出してくれてもいいのに、と。ソフィアはいじけながら宝の持ち腐れに愚痴を吐いた。

その時――

「アルくん、全教科満点おめでとー！！！」

――勢いよく、そんな声と共に教室の扉が開かれた。

「行こう、ソフィア姫！　こんな息苦しい世界から飛び出すんだ！」

「既視感《デジャブ》!?」

窓枠に足をかけて手を差し伸べる彼の姿は、どこか以前見たような気がした。

「クソッ！　ソフィア姫を救出できないなら、僕一人でもぐえっ!?」

「凄いよ、アルくんっ！　テストで満点出すなんて！　流石《さすが》はお姉ちゃんの弟だねっ♪　あ、皆見てー！　文武両道、かっこいい自慢のアルくんだよ！　テストで満点取ったんだよー！」

「やめろ、そんな僕を抱き締めながら唐突な弟自慢を挟むんじゃない！　主題が変わって客席にいる人達に戸惑いと我が家の恥をお届けすることになるからッ！」

「あ、ご褒美《ほうび》のちゅーした方がいい？」

「余計にやめろ羞恥プレイの強要《プレゼント》はッッッ！！！」

抱き着き、顔を近づけ始めるセシルをなんとか食い止めるアルヴィン。

いきなり騒がしくなった現状に、クラス一同戸惑いを隠し切れない。ちなみに、ソフィアは慣れた光景に苦笑いである。

そして――

「面汚し！　お前、テストで満点を叩《たた》き出したそうだな！」

騒がしいやつが増えた、なんて思ってしまうアルヴィンであった。

こんなことなら白紙で提出すればよかった。なんて後悔も湧き上がってきた。

「フッ……遅かったね、シリカちゃん。姉たるもの、弟の功績は一番に褒めてあげないといけないんだよ？」

「何を言う、大事なのは順番よりも量と質だ。ご褒美の内容次第で姉たる資質が測れるというものさ」

セシルとシリカの間に火花が散る。

一学年の教室だというのに、アカデミーの人気者が勢揃《せいぞろ》いしてしまうという光景は中々お目にかかれないだろう。

そんな貴重な光景にゲッソリしてしまったアルヴィンは、ため息を吐《つ》いて疑問を投げる。

「ねぇ、なんで平然と僕のテストの点数を知っているの？　さっき僕自身が確認したばかりなんだけど……」

「ん？　あぁ、お前の面白い話はないかとレイラに聞きに行ってな。その時に教えてもらった」

「お姉ちゃんは、その会話をすれ違いざまに耳にしてダッシュで駆けつけた！」

「ふむ……」

要するに、レイラが一番恐ろしい存在のようだと、改めて情報屋の力を実感したアルヴィンであった。

――ということがあったのが朝のお話。

現在、アルヴィンはいつものようにレイラからいただいた弁当で昼食を取っていた。

「最近、情報収集に力を入れているのよね」

ポツリと、横に座るレイラが口にする。

「この前の『神隠し』で自分の不甲斐《ふがい》なさを痛感したわ。アジトにも辿《たど》り着けなかったし、結局ことが発生して初めて状況が分かったし」

先日起こった『神隠し』は結果的になんとか解決できたものの、全てが後手に回ってしまった。

レイラが調べた情報では『出店』と『金髪の子』という情報しか集められず、事件を未然には防ぐことができなかった。

もっと情報収集能力が高ければ、未然に防げたかもしれない。

レイラも幼なじみであるソフィアが誘拐され、より一層己の未熟さを痛感したのだろう。

横にいるレイラの表情は、淡々と口にしているもののどことなく決意が感じられた。

そんな姿を見て――

「その決意の表れが僕のテストの結果流出って、空気台無しになるよね」

アルヴィンは、確かに空気を台無しにした。

「どう？　凄いでしょう？」

「凄いのは認めるよ。何せ、姉さん達が情報を知って押し寄せるまでの時間から逆算すると、僕が答案用紙を受け取る前にレイラは結果を知っていたことになっちゃうんだから」

話の流れ的に、休憩時間が始まってからシリカはレイラの元を訪ね、セシルがその横を通り過ぎた。

その間にアルヴィンはテストの結果を確認していたので、必然的に本人やソフィアの口から情報が流れることはない。

一体どこからそんな情報を入手してくるんだ。そもそも僕のテストの結果なんて集める必要ないでしょう？　なんてアルヴィンは感嘆の前にジト目を向けた。

「私の取り柄はここしかないもの。凡人が天才の横に並ぼうと思ったら、こういう方向しかないのよ」

「あぁ……レイラ、好きな人いるって言ってたもんね」

いつぞや、レイラに好きな人がいるのだという話を聞いた。

きっと、今の話はその人の隣に並びたいという乙女の可愛《かわい》らしい決意なのだろう。

「そいつ、まったく気づいてくれないけどね」

「なんてやつだ！　こんな健気《けなげ》に支えてくれようとしてくれる美少女の気持ちに気づかないなんて！　やれやれ、困ったものだね……男の愚鈍さはなんの需要もないっていうのに

――」

ぱきゃ♪

「……ねぇ、なんか僕の肩が鮮やかに外されたんだけど？」

「ほんと、なんででしょうね」

少し声のトーンが低くなったレイラはアルヴィンに顔を向けることなく弁当を頬張り始める。

なんで僕が……などと肩を落としたくても落とせないアルヴィンは理不尽さを感じながらも肩を戻していく。

「っていうわけだから、これからはできるだけあなたの望む情報をプレゼントできるようにするわ」

「あ、うん……それは大変助かります」

レイラが与えてくれる情報は役に立っている。

それが強化されるのだから、アルヴィンとしてもとてもありがたい。レイラが『神隠し』の一件に不甲斐なさを感じているように、アルヴィンもまた不甲斐なさを感じているのだから。

(レイラのおかげで、もっと姉さんを守りやすくなる……これは今度別口でもちゃんとお礼しないとなぁ)

弁当も作ってくれてるし、と。料理人さながらな美味《おい》しい弁当をいただきながらそんなことを思った。

その時、ふとアルヴィンの視界にこちらへ向かってやって来る一人の女の子の姿が映る。

「お、お待たせしました……っ!」

「あ、お帰り」

息を切らして腰を下ろすソフィア。

余程急いできたのだろうというのが、今の姿でよく分かる。

「姉さんに呼ばれてたんだっけ？　別にそんなに慌てて来なくても、僕達はどこにも行かないのに……」

「はぁ、はぁ……少しでも、お二人と一緒にいたかったですから……」

「やだ、この子可愛い」

「ソフィア、頭を撫《な》でてもいいかしら？」

「ふぇっ？　どうしてですか？」

あまりにも嬉《うれ》しい言葉を言ってくれたからである。

「それで、セシル様にはなんで呼ばれていたの？」

「アルヴィンさんの授業風景とかの写真は持っていないか、と」

「今後、姉さんの呼び出しは無視していいからね」

「なのでお渡ししてきましたっ！」

「待って、なんで持ってるの？」

一番無害そうな人から盗撮をされていた事実に、アルヴィンはかなりの衝撃を受けた。

しかし、そんな衝撃を気にしない様子でソフィアはすぐさま話題を変える。

「あ、そういえば……今度授業がお休みになるみたいですよ」

「え、そうなの？」

「はいっ、先程セシルさんから聞きました！」

弁当を広げ、食べ始めるソフィア。

一方で、アルヴィンは予想外の情報に――

「レイラ、海へ行こう。突然降って湧いた久しぶりの休日《バカンス》だ！」

「馬鹿ね、私達が休みになるって話が出たら任務に決まっているじゃない」

アカデミーにある騎士団には、任務があった際に授業免除の特権が与えられる。

基本的な休日以外に与えられる休みというのはアカデミーには存在しないため、休みというワードが挙がった時点で任務は確定。

知ってましたよええもちろんぐすん、と。アルヴィンは降って湧いた面倒事に涙を流した。

「それで、どんな内容とか聞いてるの？」

「えーっと、詳しいことまでは教えてもらっていませんけど――」

ソフィアが可愛らしく顎を指で押さえながら口にする。

「どうやら、今回は魔法士団と合同での任務みたいです」

行間

さぁさぁ、皆！　コイントスでもしてみない？

大丈夫、タネも仕掛けもないから。ただ空中にコインを放って裏か表か決めるだけ！　君が言い当てられたら君の勝ち。その逆は私の勝ちね。

ん？　それをやってなんの意味があるのかって？　もちろん、用意してるさ。どんな博打《ばくち》も、テーブルに何かを賭けないと盛り上がりに欠けるからね。じゃないと、客席に座っているギャラリーに「遊んでもらいたいならママにでも頼むんだな！」って大バッシングをもらっちゃうから。

さて、テーブルの前に座るのはどうだい？　やる？　やらない？　コイントスが好きな人って純粋にいないと思うんだよね、つまんないし。

だから、君達がテーブルの前に座ってくれるのは、テーブルの上に置かれてあるもの次第だと思うの。

大丈夫、安心して！　君達には魅力的で、とっても瞳を輝かせちゃうものだから！

人生さ、そう簡単に手に入らないものって多いよね。まぁ、もちろんお金は別だよ？

その路線で言ったら、物も簡単に手に入っちゃうジャンルかもね。

だって、そこら辺の店やちょっとした貴族のお家《うち》を手当たり次第に壊してお金を奪えば手に入るわけだし。足りなかったら、それこそ賭博場《とばく》にでもレッツゴー。増えなかったらもう一回奪ってくればいいから、実際『絶対に手に入らない』わけではないんだよね。っていうか、度胸があれば簡単にできちゃう。

でもさ、他にもいっぱいあるわけなんだよ。たとえば好きな人の心だったり、誰もがひれ伏す権力だったり、全てを兼ね備えた美貌だったり。

けど、流石《さすが》の私もそういうのはあげられないかな？　いやあげ、いあげられない、いこともない、いんだけど、それに見合う対価を、君達は提示できる？　ははっ、叡智《えいち》でも持って出直してきてね♪

けど、誰でも賭けられて誰でも挑戦できて、かつ勝負に勝った先のご褒美《ほうび》が魅力的なものであれば用意できるよ！　まぁ、ちょっと色々とおか、い、い、しくはなっ、ちゃう、け、ど、そんなのどうでもいいよね！

だって、たかがコイントスぐらいの確率で、これから先、手に入らないかもしれないものが手に入るかもしれないんだし！

あー、今更言うけど、コイントスの話はもう忘れて。飽きちゃった。語りすぎたし、私はもっと別の方法で勝負がしたいかな？

え？　それじゃあ何で勝負するか分からないって？　大丈夫、安心して座って！　私はルールを曲げない。確率はやっぱりコイントスと同じ。二分の一。

だから、ね？　ほらさっさとテーブルの前に座って！　イカサマしないように私はテーブルには座らないで、君の行く先を見届けるから！

無論、君がほしがりそうな対価はちゃんと用意してあるぜ♪

それじゃあ、いっちょやってみよう♪

見事勝った暁には、君が持っている今以上の『才能』を！　負ければ、人生転落コースの片道切符を！

この世で最も公平で最も平等なゲーム！

その勝負の名前は――『五分五分《フィフティーフィフティー》』。

「アルくんと遠出デートができるー！」

そんなことを言い始めたのは生徒達が帰宅している時間、訓練に勤《いそ》しもうと準備しているセシルであった。

美しくもあどけなさが残る少女は訓練場の入り口で、両手を挙げながら清々《すがすが》しい表情を浮かべている。

騎士団の面々は家族に対して口にしてはいけなそうな発言を聞いて「いつも通りか」と、アルヴィンは――

「誰かー、このなんでもかんでもお花にさせちゃうブラコンをゴミ箱に捨ててきてー！」

――煩わしい存在を消そうとお願いしていた。しかもセシルの傍《そば》で。

「なんでそんなこと言うの⁉　全国の男の子って女の子とのデートは嬉しいはずじゃないの⁉」

「相手が身内じゃなかったらね⁉」

「おっかしーなぁ……『可愛い弟はこれで一発♡　的確に堕《お》とせる100のテクニック』

にはちゃんと記載されてたのに……」

「なんて需要が限定的で誰の役にも立たなそうな本なんだ……ッ！」

ソフィアだったりレイラだったりリーゼロッテ様だったり。

そんな面子《メンツ》ではなく完全身内の姉なので、アルヴィンは断固拒否だと手でバッテンを作って見せた。

しかし、セシルはそんなアルヴィンに「分かってないんだよ」と肩を竦《すく》めた。

「な、なんだよその顔は……」

「アルくん、地方の料理は中々我が家ではお出しできないの」

「うん、まぁ食材とかが変わってくるからね」

「でも、お姉ちゃんとデートすれば……そんな物珍しい料理を食べることができるんだよ！」

「…………………………ハッ！」

確かに、地方の料理は中々王都や公爵領で出回ることはない。

たとえば地方でしか獲れない魚を扱った料理だと、運送のコストやら新鮮さを鑑《かんが》みると提供するにはハードルが高すぎる。

そういったこともあり、公爵領や王都で食べられるのはどこでも食べられるものか公爵領の名物といったもの。

それ故に、お金を持っていたとしても食べられる機会というのはそう多くないのだ。

(滅多に食べられない美味《おい》しいものを食べながらゆっくり寛《くつろ》いで遊ぶ……な、なんて魅力的なんだッ！)

だからこそ、アルヴィンはセシルの話に思わず気持ちが揺らいでしまう。

「更に、お姉ちゃんとキスして一緒にお風呂《ふろ》に入って宿屋で一泊すればもっと美味しいものが――――」

「やっぱり任務中に観光はよくないと思うんだ」

その揺らぎも、ものの数秒で終わった。

「よう、我が義弟よ！」

そんな時、唐突に後ろからアルヴィンの肩に手が回される。

何事かと振り向いてみれば、そこにはレイラによく似た美人の顔があった。

「げっ」

「げっ、とは失礼だな、面汚《つらよご》し。せっかく私が声をかけてやったというのに」

相変わらず不遜な態度を見せ、笑いかけるシリカ。

最近よく理解できてしまった面倒な戦闘狂《バトルジャンキー》が来たことに、スキンシップよりも辟易《へきえき》が勝ってしまう。

「っていうか、なんでここにシリカさんがいるんですか……」

「ん？　私だけではないぞ？」

シリカが視線を向けた先。

そこには、学生服の上からローブを羽織った生徒が続々とやって来る姿があった。

格好からするに、集まってきている面子がアカデミーが所有する魔法士団の人間なのだ
とアルヴィンは理解する。

「今回の任務はお前らとの合同だからな。今日はその打ち合わせだ」

「あー……なんか言ってましたね胸当たってますね」

「こういうスキンシップを弟は喜ぶと聞いてな、試しに実験しているところだ。どうだ？

私の胸も存外悪くないだろ？」

「ふむ、九十一点」

真面目な顔で胸に点数をつけるアルヴィン。中々の強者《つわもの》である。

「むっ、あと九点足りんか」

「離れろごらー！　アルくんの鼻の下はお姉ちゃんの特権なんだぞうがー！」

アルヴィンの顔にまたしても新たなふくよかな感覚が襲い掛かる。

今はまだ甲冑《かっちゅう》を着ていないので、素材の味をふんだんに生かす格好《せいふく》だ。アルヴィンの鼻の下が更に伸びた。

「であれば、私の役割のようだな。退《ど》け、セシル」

「私の役割なんだけど⁉　この熱い抱擁とさり気なくアルくんほっぺに胸を当てる技術は私がワンランク上なんですけど⁉」

「なら、私は服を脱いで直《じか》に当ててやろう。その方がきっとこいつも喜ぶさ」

「そのセクハラ手前のスキンシップも私の役目なんですけどッッッ！！」

「わー、ふたりともおちついてー」

やいのやいの。アルヴィンを挟むようにして揉《も》め始める二人。

アルヴィンは止めようと二人に声をかけはしたが、何故《なぜ》か止まる気配はなかった。不思議だ、こんなにも嫌だと主張しているのに。

「ねぇ、セシル。そこで絡《から》んでないで早くリーゼロッテと合流しようよ」

そんな最中、役に立たないアルヴィンの代わりに一人の少女が間に入ってくる。

着崩した制服にセミロングの髪を軽く巻いている少女。気軽にシリカに話しかけているということは、同じ三学年だろうか？　もみくちゃになりながら、アルヴィンは疑問に思う。

「うーん、君が噂《うわさ》の面汚しくんかー」

そんな疑問が頭に浮かんでいる時、ズイッと少女が顔を近づけてきた。

端整な顔立ちをした少女は見慣れてきたつもりだが、またしても端整な顔立ちをしている少女が近づいてきたことに胸を跳ね上がらせてしまう。

「え、えーっと……？」

「私はユーリ。こいつと同じ魔法士団で、現在進行形で振り回されている被害者の一人だよ。あ、ちなみに副団長の立場にいるから、そこんとこよろしく♪」

綺麗《きれい》でお茶目なウインクをするユーリ。

着崩した制服から覗《のぞ》く谷間から早熟さを感じさせる雰囲気は余計に色気を誘い、更にアルヴィンの胸が高鳴った。

「んで、さっさとリーゼロッテと合流しようよ、シリカ」

年下のうぶな男の子の心情を知らないユーリはすぐにシリカへと視線を移す。

しかし――

「ん？　お前が合流してくればいいだろ？　私はただユーリに『来い』と言われたから来ただけだからな、勝手に進めてくれ。私は私の任務を遂行する」

「あー、はいはいそういう感じねー。まったく……上がいなくて下が回らないっていうのに、呑気《のんき》に有給休暇を取る上司は板挟みな管理職の気持ちなんて勘定に入れてるわけないかー」

めんど、と。苛立《いらだ》ちを隠さない様子で、ユーリはすぐに離れていってしまう。

その後ろ姿にシリカは「よく分からんな」と首を傾《かし》げたが、そこまで関心はなかったのかすぐにアルヴィンへと視線を戻した。

流石《さすが》に可哀想《かわいそう》だと思ったのか、抱き着かれながらアルヴィンはシリカへ問いかけた。

「あー……差し出がましいかもしれないですけど、もう少し優しくしてあげたらどうです？」

流石にあんな対応を取られればユーリでなくても誰でも怒るだろう。

だが、シリカはさも興味がなさそうに返答をする。

「何故だ？　弱者に気を遣う時間などもったいないだろう？　それなら強者《アルヴィン》に時間を割いた方が有益だ」

本心であるのは、この淡々とした声でよく分かる。

あまりにも強者優遇な考え。人は人の全てを理解することはできないとよく聞くが、今の発言に関してはまったくもってアルヴィンは理解ができなかった。

理解ができないからこそ、少し苛立った声音が口から飛び出してしまう。

それは、アルヴィンの性根が優しい人間だからだろう。

「……じゃあ、なんでそんなに強者にこだわるんです？　強者と戦ったら自分が強くなるからですか？」

「あぁ、そうだな」

「……どうしてそこまで強さに固執するんですか？」

アルヴィンには戦闘狂《バトルジャンキー》の思考が分からなかった。

優しく、姉を守れればそれでよく、多くの人が幸せであればそれで構わないと思っているが故に、強さだけに異常な固執を見せるシリカはアルヴィンにとって理解不能の生物に見えた。

「ふむ……随分とつまらん質問をするな、面汚し」

だからこそ——

「そんなの、より多くの弱者を守るために決まっているだろう？」

——理解不能の生物の発した理解できる発言に、思わず驚いてしまった。

「は？」

シリカの発言は、苛立ちの不意を突くような言葉であった。

あれほど弱者に興味を示さず、振り回し、失礼な発言ばかりしていたのに、急に飛び出してきたのは弱者を慮《おもんぱか》る言葉。

アルヴィンが呆《ほう》けてしまうのも無理はない。

「何故そこまで驚く？　特段おかしな発言はしていないだろ」

「いや、いやいやいや……今までの態度を見たら、そりゃ驚きますって」

「ふむ……」

少し頭を悩ませるシリカ。

しかし、アルヴィンの戸惑いの理由が結局思いつかなかったのか、横にいるセシルへ尋ねた。

「おかしいか？」

「うーん……おかしいと言えばおかしいかな？」

「そうか、やはりよく分からんな」

まぁいい、と。シリカは言葉を続ける。

「義弟よ、そもそも力とはなんのために持つものだと思う？」

「……綺麗事《きれいごと》でいいなら、誰かを守るためじゃないの？」

「そうだ、やはりよく分かっているではないか」

己がセシルを守るために使っているのでそうなのではと答えたが、シリカの問いに対しては正しかったようだ。

しかし、ここからだ。

強者優遇の考えに、どうして弱者を守るという発言が飛び出してくるのか？　これがアルヴィンの中での疑問――

「強者には他者に守られる必要はない。強者であれば己で身を守る術《すべ》を持っているから。では、逆に弱者はどうだ？　己の身を守る術は持っているか？　笑えてくるが、ほぼ持ち合わせてはいないだろう……だからこそ、この世の大半の不幸は弱者の中から生まれてくる」

力がないものは不幸に抗《あらが》う術を持ち合わせていない。

盗賊に襲われた不幸、戦争に巻き込まれた不幸、身内を助けられなかった不幸。

強者は不幸を跳ね返せるだけの力を持っているが、大半の弱者は不幸を不幸として受け入れるしかない。

故に、この世で助けを求める被害者の多くは弱者で構成されてしまっている。

「我々強者は、力を持つが故に弱者を守る義務がある。他人事《ひとごと》ではない、力を持つ者は平等に差別なく還元の責務を与えられるのだ。それ以上の不幸を呼ばないためにも、不幸の原因を取り除いて弱者が生きていく世界を作る必要がある」

力強く、それでいて嘘偽《うそ》りなく。

シリカの現在の表情は、まるで自身の人生哲学を説いているようなものであった。

「その責務や義務があるからこそ、強者は強者であり続けないといけない。自分が弱者に成り下がってしまえば、守るべき弱者を守れず、強者の足枷《あしかせ》となる。この世には私達の思っている以上の弱者が転がっているんだ……己が足枷になれば、他の弱者を救えなくなってしまう」

さぁ、考えろと。シリカはアルヴィンの頭に指をさす。

「より多くの弱者を守らなければいけない強者に弱者を慮る時間などあると思うか？　今まで以上に強くなり、今まで以上に弱者を守らなければならないのであれば、有限な時間を弱者に使うなど言語道断であり本末転倒だろう？　そんな時間があれば、強者であり続けられる手段を模索するのが当たり前の思考だと思うがね」

「………………」

あぁ、ようやく理解した。

シリカ・カーマイン――この少女は、よくも悪くも真《ま》っ直《す》ぐなのだ。

己の目的や信念をしっかりと理解しているからこそ、余計なことは己の感情に入れない。

寄り道を嫌い、自分の立場と責務を弁《わきま》えている。

確かに、もしもただの戦闘狂《バトルジャンキー》であれば傭兵《ようへい》にでも冒険者にでも……それこそ、誰彼構わず戦闘を挑む悪党にでもなった方が欲を満たせただろう。

魔法士団という誰かを守るための職に就いたのは、己の目的と合致できる場所だから。

言わば、シリカという少女は特定の誰かに区別をつけない正義感の塊のような人間だということだ。

（それが分かってるから、私もリゼちゃんも嫌いになれないんだよなぁ）

キッパリと言い放つシリカを見て、セシルは苦笑いを浮かべる。

とはいえ、もう少し態度を変えた方がいいとは思ってしまうが。

「気をつけなさい、アルヴィン」

その時、剣を腰に携えたレイラが後ろから現れる。

「こんなこと言ってるけど、戦闘好きっていうのは本当だからね」

「僕の感心を返せ戦闘狂《バトルジャンキー》」

「ははっ！　楽しいのだから仕方あるまい！　あの高揚感は他では味わえないからな！」

やっぱり戦闘狂《バトルジャンキー》なのは変わりがないのか。

アルヴィンはいい雰囲気から一転して落胆したような表情を見せた。

「姉さんも、いい加減その態度を変えないといつか痛い目見るわよ？」

「ふむ……痛い目を見るというのであれば、所詮私はその程度だったということだろう。逆に私を負かす強者が生まれていいではないか」

「ほんと、やだわ……このポジティブ思考」

レイラは大きくため息を吐く。

どうして姉を持つ人間はこんなに苦労をしてしまうのだろうか？　アルヴィンはここ最近常々思うようになってしまった。

そんな最中、妹の反応を無視してシリカが何かを思い出した。

「むっ、そういえばセシルよ」

「ん～？」

「我々の勝負は一勝一敗だったな」

いつぞやあった姉力勝負。

一度目は『膝枕』でセシルが勝ったものの、次の『決闘』ではシリカが勝利を収めていた。

つまり、二人の姉力勝負は引き分け。まだ決着がついていない。

だからか――

「最後の勝負は今回の任務で決着をつけようじゃないか。ちょうどおあつらえ向きな舞台もこれから用意されるみたいだからな」

◆◆◆

「今回の任務は地方で度々散見される販売者《ディーラー》の捕獲になります」

それから少しして。

魔法士団や騎士団の面々が綺麗《きれい》な整列を見せる中、リーゼロッテが前に出て声を張る。

その横では魔法士団のトップ――ではなく、副団長を務めるユーリが立っており、紙を広げてリーゼロッテの言葉に続く。

「麻薬売買。他国に逃げやすい環境で着実に売り捌《さば》いてるみたいだねー」

リーゼロッテが代表して前に出ているのは分かるが、魔法士団は副団長《ユーリ》。

これだけで、しっかりと中心になって取り纏《まと》めを行っているのが誰かが分かってしまうのが少し悲しい。

とはいえ、本人の性格的な側面もあるのだろうが、シリカは任務でアカデミーにあまり来ていないのだから無理もないのかもしれない。

「当初、魔法士団と騎士団で『捜索』と『突撃』班に分けて対処しようと考えていたのですが……今回は見つけ次第、その団が対処するという方向でいきましょう」

質問は？ と、リーゼロッテは騎士団と魔法士団の面々を見渡す。

するとと、騎士団の副団長を務めるルイスが一人手を挙げた。

恐らく、事前の話し合いの席にルイスはいなかったのだろう。どうやら、今回はリーゼロッテとユーリだけで話がまとまったみたいだ。

「どうして当初の予定を変更したのでしょうか？」

「あー……なんか、この任務で姉力勝負の決着をつけるみたいでー」

リーゼロッテの代わりに、バツが悪そうな表情を見せたユーリが答える。

自分の身内が迷惑をかけることに申し訳なさを覚えているのだろう。

それを受けて真面目なルイスはリーゼロッテへ、少し鋭い視線を向けた。

「よろしいのですか？」

「はい、私は別に構いませんよ。何せ――――」

チラリと、リーゼロッテも視線を移す。

するとそこには、激しくやる気に満ちた瞳のセシルの姿があった。

「負けない……アルくんの姉ポジと嫁ポジは私だけのもの……ッ！」

「セシルが『遠方デート！』と言わなくなりますからね」

残念なことにかなり納得できる理由であった。

「よし、ここは騎士団《セシル》と魔法士団《わたし》……先に任務を遂行できた者が勝者ということにしよう。ありきたりだが、この方が異論はあるまい」

「はいはーい！　僕は異論ありますよ勝者に対する報酬の見直しとか報酬の対象にしている弟が実は本当にご期待に沿えるような実力を持っていないとか――」

「受けて立つよ！」

「よし、異論はないな」

「……ぐすん、分かってたよこんちくしょう」

「よしよし、ごめんなさいね」

まったく自分の意見など勘定に入れてくれない二人にアルヴィンはレイラに頭を撫《な》でられながらさめざめと泣いた。

この勝負、シリカが勝ってしまえば彼女の義弟として扱われ、これからの生活は練習台《サンドバッグ》。逆にセシルが勝てば「自他共に認めるアルくんのお姉ちゃん！」として更につけ上がってしまうだろう。そうなれば、ブラコンに拍車がかかるのは必定。

どちらに転んでも、アルヴィンの平和な自堕落ライフからは程遠くなりそうだった。

「あぁ、だがレイラは今回こちら側として扱わせてもらうぞ」

「ちょっと、何言ってるのよ姉さん。私は騎士団に所属しているのだけれど」

「何を言っていると聞きたいのはこちらの方だ。何せ、私が勝てばお前はこの面汚《つらよご》しと結婚することになるんだからな。当然、こちら側につくべきだろう」

「……ねぇ、そろそろアルヴィンと私の意見も勘定に入れてくれないかしら？　当の本人ガン無視とか、各所に訴えたら勝てるわよ？」

「そうだよ！　レイラにはすでに好きな人が――――」

ぱきゃ♪

「アルくん、肩ってそっちの方向に向くんだね」

「僕も初めて知ったよ」

関節が外れるとこの方向に向くのかと、アルヴィンは初めて学んだ。

「あのねぇ……私だって色々考えもあるし、そもそもいくら私が凡人で姉さんのお眼鏡に適《かな》わない妹だったとしても、姉に結婚相手を勝手に用意されるのは嫌よ」

何故《なぜ》だ、と。シリカは冗談っけもなく首を傾《かし》げる。

逆になんで分からないんだとレイラは思ったが、シリカは構わず口を開いた。

「ふむ……いや、勝手に決めるも何も、お前は面汚しのことを好いて――」

「わぁぁぁぁっ！　ちょ、ちょっと黙って姉さん！」

だが、その開いた口はすぐさまレイラによって塞がれる。

「ふぁからなぜふぁ？　ひゅいているにふぇあれふぁべつにかまふぁんだふぉうに。ふぁたしはふぉのまえちゃんふぉびんふぉうひろといっはふぁろ（だから何故だ？　好いているのであれば別に構わんだろうに。私はこの前ちゃんと便乗しろと言っただろ）」

「分かった、分かったから……そっち側で任務に参加するから、今はその口閉じてお願い……ッ！」

何か言われたくないことを気遣いもクソもできないセシルが言いかけたのだろう。

僕だったらすぐに肩を外されるのに、と。頬を赤らめながら必死にシリカの口を押さえるレイラを見て扱いの差を感じたアルヴィンであった。

「私は構わないよ。そもそも、魔法士団の方が人数は少ないしね、平等公平。懐《ふところ》の大きい女の子は、アルくんのタイプだからね♪」

「なるほど……私は構いませんが、ユーリ様はいかがですか？」

「もう勝手にしてって感じ。逆に人数増えるのはこっちとしてもありがたいしね」

ひらひらと手を振って答えるユーリ。

それを受けて「分かりました」と、リーゼロッテは改めて皆に向き直った。

「武装集団の拠点がイルバラ領にあるという情報は掴《つか》んでおります。とはいえ、捜索範囲は広いものとなり、敵の数も実力もほぼ未知数――皆様、心してかかるように！」

『『『『はいっ！！！！』』』』

騎士団、魔法士団の面々から気合いの入った声が響く。

――こうして、アカデミーの騎士団、魔法士団による合同任務が始まった。

◆◆◆

「ふっふふ～ん♪」

セシルの上機嫌な声がアルヴィンの部屋に響き渡る。

それがかれこれ数分は続いているだろうか？　アルヴィンは寝転がりながら読んでいた『脱・ブラコンへの道！』を閉じてゆっくり体を起こした。

「どうしたの、姉さん？　さっきから凄《すご》く上機嫌だけど」

視線を向ければ、セシルは二つの大きなバッグを前にして荷造りをしていた。

一つは自分用で、もう一つはアルヴィン用だろう。一つは中に男物の下着が入っているため、セシルのバッグが二つというのはなさそうだ。

使用人にはやらせずにあまつさえ弟の分まで荷物を纏めるなんて、面倒見のいいセシルらしい。

本来ならバカンスに行くわけでもないから荷造りなど必要ないのだが、今回の任務は王都や公爵領から離れた地方で行われるため、ある程度宿泊を想定しなければならない。

今セシルが纏めている荷物は、合同任務のためのものだろう。

「ん〜？　そんなことないよ〜」

「嘘《うそ》じゃん、さっきから鼻歌歌っちゃってさ。そんな今更照れなくても僕は笑ったりしな――」

「うへへ……アルくんのパンツ」

「ヤバい、笑えない状況だ……ッ！」

男物のパンツを片手に涎《よだれ》を垂らし始めるセシル。

身内が弟のパンツで見せている顔や、そのパンツを自分のバッグに入れようとしていること……なるほど、確かに笑えない。

アルヴィンは急いで駆け寄って己の愛用下着を奪取する。

「危ない……弟の尊厳も涎で汚されるところだった」

「あ、お姉ちゃんのパンツならこっちだよ？」

「やれやれまったく……次から気をつけてねありがとう」

「……お姉ちゃん、凄く冗談で渡したつもりだったのにノータイムで自分のバッグに入れるとは思わなかった」

弟も弟で大概である。

「っていうかさ、こんなにいっぱい必要かな？　今回の任務って遠征なのは遠征だけど、掃討すればすぐに帰宅でしょ？」

アルヴィン用とセシル用で用意されたバッグは大きいものだ。

セシルが詰め込んでくれているのだが、今改めてもう一度見てみると中身はかなりぎっしりと詰まっていた。

衣類はもちろんのこと、ある程度のお金、洗面用品に携帯食などなど。かなり周到に用意されている。

「とは言っても、逆に掃討できなかったらしばらく帰ってこれないからねぇ～。確かに持っていくのは面倒だけど、宿屋に置いておけば問題ないし、現地調達できなかった時を考えるとこれぐらい必要なのですっ！」

「なるほど」

わざわざアカデミーの魔法士団と騎士団を遠くまで派遣するのだ。

行って「はい、捕まえられませんでした！」などとなってしまうことだけは避けなければならない。

となると、どれだけ時間をかけてでも任務を完遂しなければいけないため、長丁場になる可能性もある。

地方で街があるとはいえ、武装集団が山の中や村にいた場合、衣類や洗面用品など調達できないこともあるだろう。

流石《さすが》は姉さんだと、丸投げなアルヴィンは内心で感心していた。

「あとは任務終わってアルくんと遠方デート……」

「おっと、せっかく感心していたのに副団長とは思えない発言が」

「……替えの下着、十枚で足りるかな？」

「待ってくれ姉さん！　姉さんの中ではどのスパンまでの滞在を考えているんだ⁉」

任務の想定よりデートの想定の方が多いのでは？　なんて思ってしまうアルヴィンであった。

「安心して、アルくん。お姉ちゃん……本気で任務を遂行するから！」

「あ、うん……そこは別にいいんだけど」

気合いの入った瞳を向けられ、頬を引き攣《つ》らせるアルヴィン。

どっちが先に任務を遂行できても面倒事にしかならないような気がしているので、素直な「頑張る！」発言には中々賛同ができない。もちろん、応援もできない。

「っていうわけで、アルくんも本気で頑張ってね！　お姉ちゃんの弟であり続けるためにも！」

「ごめん、実は今まで黙っていたんだけど……僕、まったく強くないんだ」

「無意味なカミングアウトは『頑張るぞー！』って意でおけ？」

「意味のあるカミングアウトは『やりたくない』って意でおけ」

今更何言ってるの、と。意味を弟自慢でなくさせたセシルは小さく笑う。

もうセシルの中ではアルヴィンは『かなり強い自慢の弟』で固定化されてしまっているようだ。

少し前までの生活がかなり恋しいと思ったアルヴィンである。

「はぁーあ……わざわざ遠征とかクソだるくて嫌だなぁー、馬車馬にわざわざ距離与えないでほしいなぁー」

セシルには言い訳が通じなくなり、大人しく任務に行かなければならないアルヴィンはその場でぐでーッと横たわる。

頭を預けた先は、横で正座して荷造りしていたセシルの太股《ふともも》。

甘えん坊さんだなぁ、と。微笑《ほほえ》ましく思ったセシルはアルヴィンの頭を撫で続ける。

「んー、じゃあ任務が無事に終わったら、お姉ちゃんからご褒美《ほうび》あげよっか？」

自分は好きでやっており、今回は姉力勝負のために気合いが入っている。

とはいえ、根は優しいが面倒くさがりなアルヴィンにとってはかなり辛《つら》い任務になるだろう。

そこを考慮して褒めてあげたいセシルは、アルヴィンの顔を覗《のぞ》き込みながら尋ねた。

しかし、アルヴィンは知っている。

こんな時、セシルは大抵家族の垣根を越えさせようとする発言をするのだと。

「ははっ、分かっているよ姉さん。そう言いながらも褒美って結局僕と一緒にお風呂《ふろ》とかベッドインとかなんでしょ？　甘言と見せかけた禁断のスキンシップなんて僕は――」

そんなアルヴィンへ、セシルは耳元まで顔を近づけてそっと口にした。

「ちゃんと、お姉ちゃんがこの前と同じキスしてあげる」

「…………」

ふと、アルヴィンの脳裏に馬車での出来事が蘇《よみがえ》る。

甘い匂いが鼻腔《びこう》を擽《くすぐ》り、よく見慣れた端整で可愛《かわい》らしい顔が眼前まで近づいて、続け様に現れた唇への柔らかな感触。

アルヴィンの初めてであり、同時にセシルにとっても初めての行為。

だからか――

「あれ？　アルくんもしかして嬉《うれ》しかったりする？」

「ち、ちちちちちちちちちちち違いますけども何か⁉　ちょっと太股の感触がやわっこくてすべすべで舌なめずりしちゃいたいほど気持ちいいなーって思ってただけですけども、ええ！！」

「アルくん、お姉ちゃんが言うのもなんだけど、今のは男の子として結構際《きわ》どいセリフだよ」

アルヴィンは慌ててセシルから顔を逸《そ》らす。

どうしてこんなにも顔が熱くなっているのか？　今までセシルにキスすると言われた時は煩わしいと一蹴できていたはずなのに。

もしかしていつものテンションで言われたのではなく、どこか本気の声音で言われたからだろうか？

（あぁ、もう……ちくしょう）

胸がうるさい。

アルヴィンは赤くなっているだろう頬を隠そうとしながら、セシルの撫《な》でてくれる手にしばらく身を任せるのであった。

麻薬売買

沿岸の街――イルバラ。

イルバラ領内で最も栄えている街であり、海に面していることから海産や貿易が有名な街だ。

新鮮な海産物や、貿易によって生まれる他国の名産、遊べるビーチなどによって多くの人が集まる。

その多くの中には貿易によって足を運んだ他国の人間もおり、王国一人種入り乱れる街となった。

そのため、王国の者ではない人間が王国で犯罪を行うようになり――

「『五分五分《フィフティーフィフティー》』」

あれから三日後。

海風が頬を撫で、潮の香り漂う街の中でリーゼロッテがふと口にする。

「感情の起伏を激しくさせる麻薬みたいですね。服用すれば平常心ではいられない。思考を保っている者もいれば、思考能力を失った廃人のようになる人もいるみたいです」

「胸糞悪《むなくそわる》い話ですね。なんで罰ゲームだって分かっていてそんな名前の通りのギャンブルに手を出すんだか」

「正気を保っている人間に才能が与えられるからですよ。読解力が高くなったり、思考が早く回ったり、解けない難問を答えられるようになったり。最近では、医術学者の人間が論文を提出し話題になったものの『五分五分《フィフティーフィフティー》』の使用者だと分かって更に話題になりましたが」

なんじゃそりゃ、と。横を歩くアルヴィンが愚痴を吐く。

現在、アルヴィン達は任務遂行のため街の巡回を行っていた。

巡回といっても、内容は単なる販売者探し。今回の掃討にあたっては、まずは売買の現場か販売者《ディーラー》の情報を探し出さなければならない。

この街で拠点があるという情報を得た今、あとは街の中でより具体的な情報を見つける必要があった。

今回は魔法士団も一緒に任務にあたっているため、捜索の範囲は西と東に分けられた。

それでも領地最大の街であり貿易の拠点――――広大な敷地《しきち》と多くの人によって、難航するのであろうということは一目見て分かってしまう。

「なんでそんな効力が生まれるんですかね？　原材料とかは？」

「不明です。だからこそ、早く回収して解析を進めたいのでしょう。回復士《ヒーラー》だけでは、中毒者の治療などできませんからね」

回復士《ヒーラー》はあくまで外傷専門。

病気やら薬物といった害に関しては効力は発揮できず、必然的に治療法か解毒《げどく》剤を模索する必要が出てくる。

「そういうことなら、学生じゃなくて騎士に頼めばいいでしょうに。飼ってるんじゃないですか？　領主ならお抱えの番犬ぐらい」

「飼ってるし、飼っているからこそ一度動かしたんだと思うよ。それでも、私達にお鉢が回ってきたってことは、騎士だけじゃ対処しきれなかったってことじゃないかな？」

アルヴィンの疑問に、横を歩いているセシルが代わりに答える。

「そんな難しい話？　それこそ、中毒者なら転がっているだろうし、捕まえて吐かせれば出処ぐらいは摑《つか》めそうなものだけど」

「あくまで思考を保っているのであって正気を保っているわけじゃないんだよ。廃人は会話できないし、思考を保ててる人も会話にならない。つまり、自力で捜せってこと」

そしてそれに、ソフィアが代わりに疑問を浮かべてくれた。

「あの……さっきの話ですけど、どういうことでしょう？　騎士の皆様でダメだったのであれば、余計に学生には話がこないのでは？」

「騎士が堂々と捜索にあたったら向こうさんは警戒する。警戒したら中々尻尾は出さないし、余計に捜索は難航するでしょ？　その点、学生は舐《な》められる対象だからね、向こうの警戒心も薄くなるってわけ」

「ですが、実力的なお話も……」

「ふふっ、その点は心配ありませんよ、ソフィア様。領主様の信頼という面では、実績に定評があるお二人が今のアカデミーにはおられますので」

リーゼロッテの笑みに、ソフィアとアルヴィンは首を傾《かし》げる。

実績に定評があるというなら、一人はシリカだろう。学生でありながらも王国の魔法士団に所属しており、数々の任務をこなしてきた。

そこに実力を裏付けるような固有魔法《オリジナル》を扱えるというのであれば申し分ない。

しかし、あと一人は誰だ？

(姉さんかな？　それともリーゼロッテ様？　うーん……姉さんはアカデミーの首席だし副団長だけど、実績という面では薄いはず。リーゼロッテ様も団長であり魔法士と騎士という珍しいスタンスの持ち主だ。でも、姉さんと同じで学生の域からはまだ出ていない)

となると、魔法士団の副団長であるユーリだろうか？

確かに、アルヴィンが知らないだけでもしかしたら今までに大きな功績を残したことがあるのかも——

「どうして首を傾げられるんですか？」

「え？」

「もう一人はアルヴィン様ですよ」

「あ、僕っ!?」

完全に想定外でまさか自分だとは。

アルヴィンは「何を不思議に思っているのだろう？」と首を傾げるリーゼロッテに「なんで僕なのさ!?」みたいな眼差《まなざ》しを向けた。

「いや、いやいやいやいやおかしいでしょ!?　実績どころか、信頼に足るお話すらないですよ、僕！　自慢じゃないですけどねぇ、僕は『公爵家の面汚《つらよご》し』っていうビッグネームが国の各所に届いているほど有名人なんですから！」

「本当に自慢じゃないですよ、アルヴィンさん……」

そうだ、アカデミーにはすでにアルヴィンの実力がバレてしまっているが、アカデミーの外ではアルヴィンの名声はまだ『公爵家の面汚し』で止まっている。

そのため、信頼に足る実績どころか信頼を落とす評判しかなく、自分のおかげでお鉢が回ってきたとは考え難《にく》い。

しかし、リーゼロッテはそんなアルヴィンの反応を見て思わずセシルへ視線を移してしまう。

「あの……セシル、アルヴィン様はご存じないのでしょうか？」

「待ってください、その前振り！　如何《いか》にも不穏が始まりますよっていうプロローグの前置きみたいじゃないですか⁉」

「あのね、アルくん。実はこの前の『神隠し』の一件で、アルくんは上の一部の間では結構話題の人なんだよ」

「へ？」

「よく考えてみてよ。王国の騎士団が今まで手を焼いていて尻尾を摑めずにいた『愚者の花束』の一人をアルくんが倒して、捕縛したんだよ？　そりゃ有名にならないわけがないよ」

禁術使い《ジャックソーサラー》の集団。今まで禁術を使うにあたって非道を行ってきた人物達。

禁術の恐ろしさは文献を読んだことのあるお偉いさんであればほとんどが知っており、今まで実際に手を焼かされ続けていた。

そんな集団を……その幹部らしき人間をいち学生でありたった一人で倒してみせた手腕

は話題にならないわけがない。

それこそ『公爵家の面汚し』という汚名もあったため驚きも強く、事情聴取で裏付けされた事実はあっという間に上層部へ広まった。

実績と実力という面では、アカデミーの中でも群を抜いているだろう。

「ふふんっ！　今頃お偉いさんは泥がついた宝箱の中身にビックリだね！　ここ最近、お姉ちゃんのお鼻は天狗《てんぐ》の勢いで凄《すご》いんだよ！　流石《さすが》は自慢の弟くんだ！」

「そ、そんな……いつの間にか馬車馬への片道切符が切られていたなんて……ッ！」

ガクリ、と。セシルの誇らしいドヤ顔を他所《よそ》にアルヴィンは思わずその場で膝を突いてしまう。

往来、それも道の真ん中だったからか、周囲の視線は一気にアルヴィンへと集まった。

目立ちたくない、だらけたいのアルヴィンだが、今はそんな視線を気にする余裕もなく、薄《う》っすらと瞳に涙を浮かべ始めた。

「……どうして黙っていたのですか」

「いやぁ～、アルくんの反応が可愛《かわい》くてさ～！」

この反応も可愛いけど、と。

瞳を輝かせるセシルを見て傍《そば》にいたソフィアは苦笑いを浮かべると、心配そうにアルヴインへと駆け寄った。

「あの、大丈夫ですか……？」

「ソフィアぁ……僕はもう、大丈夫じゃない……」

本当に大丈夫ではなさそうだ。

自堕落生活が失われそうなアルヴィンに、ソフィアはそっと頭を優しく撫《な》でるのであった。

◆◆◆

アカデミーが入手している情報を、情報屋であるレイラが仕入れていないわけがない。

当然、『五分五分《フィフティーフィフティー》』という麻薬のことは知っていたし、アルヴィンへ提供するために情報を集めている最中だった。

ただ、最中であって確定的な情報を入手しているわけではない。

故に、結局やることは皆と同じ捜索から。

といっても、レイラが臨時的に所属させられた魔法士団はトップが身勝手で一人で捜し始めたので、規律も統制も瓦解《がかい》した。

ある程度副団長のユーリが統制してくれているとはいえ、抜け出せるのであれば抜け出す。元より、レイラは騎士団側なのだ。

(……最後の最後に合流して、逐一情報提供すれば大丈夫でしょ)

レイラは海風の当たる港を一人歩いていた。

人気《ひとけ》が少ないのは、皆して漁に出掛けているからだろうか？　海鳥が辺りを飛び回り、巨大なコンテナや工場が視界いっぱいに広がっている。

(静かね……かといって、会話相手を求められない状況だし)

レイラが単独行動に出た最たる理由は、己が情報を取り扱う人間だと知られたくないからだ。

己のスキルの話が広がれば、アルヴィン一人を相手にしていられなくなるかもしれない。

それは、未だ相棒のポジションを守ろうとするレイラ的には避けたい事項だった。

(って、そもそもこれだけ広かったら集団行動なんて効率の悪い方法より各個で捜した方が手間的にも楽なのだけれど)

一人港を堂々と、生徒で学生で舐められる相手だと勘違いしてもらうために歩く。

腰に剣はあるのだが……この際いいだろう。今時、剣を持つ人間などどこにでも転がっている。

（確か、服用者達は目が赤くなっているのよね……）

十中八九『五分五分《フィフティーフィフティー》』の副作用によるものだが、特徴があるのはありがたい。

無論、この情報はレイラ自身が仕入れたもので、もしかしたらアカデミー側も入手しているかもしれない。とはいえ、こんなに特徴的な共通点があれば、話が王都まで届いている時点で気づいていそうなものだ。

しかし、念のため魔法士団の面々には情報を共有しておいた。

だが、騎士団の面々には共有していない。何故《なぜ》か？

（……割り切ったはずなのに、私は姉さんの話に縋《すが》りたくなっちゃったのかしら）

これはシリカの作り出した『姉力勝負』の最終決戦だ。

魔法士団が勝てば、シリカの勝ち。騎士団が勝てば、セシルの勝ち。

情報一つで戦局が変わるのと同じで、少しの情報でも結果を求める過程には大きく影響する。

セシルが勝てば現状と変わらないだろうが、シリカが勝てば勝手にアルヴィンは義弟にさせられる。それも、レイラと結婚という形で。

己は、それを望んでしまっているのだろうか？　いや、アルヴィンと結婚したいと望んでいるのは確かだ。

しかし、それは他者に便乗してまで手に入れなければならないものなのだろうか？　相棒というポジションは自分で手に入れたのに、家族という隣のポジションをわざわざ。己は、そこをしっかりと割り切って今まで「いつかは」と、相棒として頑張ってきたのに——

（……やめろ）

セシルが彼の横に立つために努力してきた場面を目《ま》の当たりにしたからって。

アルヴィンが自分の姉を最優先で駆け寄った姿を見たからって。

自分は、彼にセシルという姉がいると分かった瞬間から、やりたいこととやるべきことゴールは決めていたはずなのに。

レイラは首を横に振って雑念を頭の中から消すと、近くにあった巨大なコンテナへと向かった。

（ん？）

すぐさま、レイラはコンテナの入り口の物陰へと隠れる。

どうしてこんなことをしたのか？　それは単純、コンテナの中から声が聞こえたのだ。

人気の少ないこんな場所で、しかも声は複数ときた。

『まだ、か……』

『五分五分《フィフティーフィフティー》』はまだこないのオオオオオオオオオオオオオオオオオッッッ⁉』

『あ、ギッ……ガッぁ』

ただ、中から聞こえてくるのは会話ですらなく、平静でないだろうと即座に感じ取れるような声だ。

叫ぶもの、乞うもの、悲鳴ですらないもの。

レイラは物陰に隠れて中を窺《うかが》う。中には、フラフラと歩き回ったり、壁にぐったり寄りかかったりする人間……が、数十人もいた。

(ビンゴ、なのかしら)

服用者、中毒者はもうまともな会話などできない。

きっと、中に入って事情を聞いても、会話のキャッチボールができないか、うわ言を延々と聞かされるだけだろう。

それでも、こうして集まっている場なら話は別。何せ、もしかすれば麻薬取引の現場を押さえられるかもしれないからだ。

(密売人が複数か単独か分からない現状、一人で構えるのはリスクが高いわよね)

レイラは耳元の通信魔道具に手をかけた。

相手は、もちろんアル——

「…………」

——ヴィンではなく、姉であるシリカ。

言葉を残すのではなく、単に信号を送るといった単純なもの。

自分らしくもない。裏方に徹しているレイラであれば、迷うことなく表舞台に立つべき役割を持った相棒へバトンを渡すはず。

それなのにしなかったのは、実の姉に言われた『便乗』が影響しているのだろうか？

それとも、願望が未だ捨てきれないという証《あかし》からか？　もしくは、自分だって努力しているんだと、助けを求めず「できる」とアピールしたいからか？

(……ほんと、一人になるとマジで最悪。ナイーブな精神っていうのが一番大衆受けしないっていうのに)

レイラは内心で悪態をつきながらそっと魔道具から手を離した。

その瞬間、

「な、んで……おまっ、販売者《ディーラー》じゃねぇんだよぉぉぉおおッッッ！！」

レイラの体が、コンテナの中へと思い切り吹き飛ばされた。

「ばッ⁉」

痛いのは確かだ。腹部に重たい一撃が入り、地面を転がる際に擦れる肌。痛くないわけがない。

ただ、今の声は痛みによってというよりは驚きによるものだ。

（なに、この力は……ッ⁉）

視界に映るのは、どこからどう見てもそこら辺を呑気《のんき》に歩いている市民。

しかし、腹部に入ったのは鍛えたものによるソレ。単純に筋トレしてました？　馬鹿言え、今の一撃は騎士団の中で最もパワーのあるセシルと同じぐらいのものだ。

『私の、『五分五分《フィフティーフィフティー》』を奪いに来たの⁉』

『早く、俺にあれをくれよぉォォォォォォォォォォォォォォォォォォォォォッ！！』

『次こそは勝つからさ！　あれは偶然だったんだ！　俺が何も手に入らないなんておかしいだからもう一回やらせてくれよッッッ！！』

声が聞こえてきたからか、レイラがコンテナに入って来たからか。

いずれにせよ、コンテナの中にいる人間のほとんどがいきなりレイラに向かって走ってくる。文字通り、目が血走った状態で。赤というよりも赤黒い。

（チッ！　この人達、廃人になった方なの⁉）

だが、コンテナの中で蹲《うずくま》ったり倒れたまま動かない人間もいる。

どちらが廃人になった方かと言われれば、明らかに倒れている方だ。

つまるところ——

（思考だけ保つことができた成功者！　ってことは、今の状態は副作用による自我崩壊ってこと……ッ！）

とことん『五分五分《フィフティーフィフティー》』は恐ろしい。

どう転んでも、まともな生活を送れるとは思えない。こんな状態じゃ、誰も相手にしてくれないだろう。

だからこそ治療が必要だし、だからこそ早急にこの一件を解決しなければならない。

しかし、迫る中毒者達の顔を見て、レイラはふと思ってしまった。

（そんなに、あなた達も才能がほしかったの……？）

話を聞いて、これだけの人数がいるのであれば誰か知っているはずだ。

己が廃人になるか、得られた先にある己の状態を。何せ、話が耳に届くということはその後の話も必然的に耳に届くはずなのだから。

それでも、彼等《かれら》は手にした。二分の一の先に得られる未来を。

「い、いやっ！　今は無力化が先決……！」

レイラは剣を抜くと、迫る一人の脳天へ柄《つか》を叩《たた》き込む。殺しはしない、あくまで無力化が前提だ。

続け様に来る女性は顎を蹴り上げ、背後から男に首筋を摑《つか》まれた瞬間、柄を引いて鳩尾《みぞおち》へと叩き込む。

数は多いだろうが、レイラはアカデミーの騎士団試験を合格した騎士見習いだ。それなりに戦えるし、数以前に素人《しろうと》の集団に負けるはずがない。

しかし、それはただの素人の話。戦闘面でも思考が加速してしまった素人が、この場にはたくさんいる。

「あし、が……ッ⁉」

一人の女性がレイラの膝を蹴り抜くようにして振り抜いた。当然、振り向かれた時点でレイラの足は折れ、そのまま崩れ落ちてしまう。幸いにして、膝が曲がる方向に蹴られたのがよかった。

そこからは、単純に袋叩《ふくろだた》き。しかも、どこかでリミッターを外したのかと疑いたくなるような力で。

けれど、途中でレイラが踏みつけている男の両足を摑み、そこからはバット感覚で男を振り回す。目指せホームランと呑気に言えればよかったが、生憎《あいにく》と四方の服用者を高く打ち飛ばせても、人間バットを持っているレイラの頭からは血が出てその顔は苦悶に染まっている。

（クソ……思考が加速してる割にやり方が汚いわね！）

バットでホームランを狙ったはいいものの、正直握力と腕力が足りず、バット代わりの男はレイラの手を離れて地面を転がっていった。

大丈夫か？　なんて思ったが、これはこれで結果オーライだろう。

無力化するのが目的であれば、今の男や、ボールになった服用者達が倒れて起き上がってこない状況は僥倖《ぎょうこう》だ。もしかして、思考が加速しているだけで肉体には負荷がかかっているのだろうか？　でなければ、ただバットとボールになったところで起き上がれないわけがない。

（……それにしては、パワーが異常だった。となると――）

レイラは額の血を拭いながらニィッと笑う。

気づいた気づいてしまった。二分の一で与えられる才能のカラクリに。

「ハハッ……」

恐らく、レイラはれっきとした天才なのだろう。

自覚がないだけで、気づいていないだけで。もしくは、発掘されていないだけで、諦めていただけで。

言っておくが。この展開は服用者と中毒者を見つけて交戦しているだけにすぎない。

それなのに、レイラは気づいてしまった――『五分五分《フィフティーフィフティー》』という、麻薬の理屈を。

今まで自分より歳上《としうえ》な大人達が「実物を見ないと分からない」と言っていたにもかかわらず。

もしかしなくても、レイラが気づいたのは情報屋という立場にいたからかもしれない。

ある意味、広く多くの情報を取り扱っていたからこそ、小さな破片から色々と結びつけて答えへと導く。

ただ、分かったからといってだからどうだっていう話。

「が……ッ！」

直後、レイラの脳天に重たくも鋭い一撃が刺さる。

揺れる視界で横を向くと、そこには起き上がってきたフードの少女が自分へと指を向けている姿があった。

（魔法が使え、る人間も交ざって……ッ！）

脳が揺れる。綺麗《きれい》に脳天へと何か叩き込まれたようだ。

出血の影響もあってか、レイラの足元がフラついてしまう。

『ははっ！　やったできたぞ無詠唱！　やっぱり私にも才能あるんだざまぁみろぉぉぉぉおおおおおおおおおおおっっっ！！！』

少女は愉快げに、達成感に浸るように天井に向かって叫ぶ。

よほど嬉《うれ》しかったのだろう。情緒が不安定なのは見て分かるが、フラつくレイラを見ようともしない。

だから、レイラは歯を食いしばって勢いよく地面を駆けた。

思考が加速するのはいい。逆に考え、理論を構築し、魔法へと落とし込める魔法士が才能を増長してしまうのなら、純粋なパワーを持つ人間よりも厄介だ。

故に、レイラは少女の懐《ふところ》まで潜り込んで剣の柄を握り締めた。

しかし、やはり、ここで起こったのは。

「……は？」

一瞬の空白。

それと、少女がこちらを振り向いたことによってフードの脱げてしまった、ありのままの素顔。

レイラの意識が、寸前で固まった。何故《なぜ》、どうして、ここにいる？　この疑問こそがいけなかったのだろう。

『ほしいの？　ほしいんでしょ分かってるから！　君もほしいならあげる！　私はプリティーで強者で優しいからねぇェ！！』

ズブリ、と。少女が懐から取り出した球体がレイラの脇腹へと刺さった。具体的に言えば、球体を持った少女の指がごっそりと皮膚を突き破って体内へと入った。

「ガ、ふっ……」

よっぽど深くまで刺さったのか、レイラの口から血がドッと零《こぼ》れる。

ただ握ったものを当てただけなのに。先が尖《とが》ってもいないにもかかわらず、容易に腹部を貫かれた。

これが『五分五分《フィフティーフィフティー》』の恩恵。どこまで深いィ？　出血りょうは？　まだ戦えるかガガギッ？　いヤ、それよりも――

（……マズい）

人体の外傷よりも、もっとヤバいもの。まさか、あの球体が『五分五分《フィフティーフィフティー》』だったなんて。足に力が入ら……待て、待って、本当に待って。どうすればいいどうすればいいど

うすればいい⁉ わたっ、私の思考がガガガガガガガガガガガガガガガガガガガガガガガガガガガガガガギッッッ、

『ふ、へひっ！ さぁさぁ、お楽しみ！ あんたは二分の一の勝利をつかm』

ゴンッッッッッッッ！！！ と。

その直後、少女の頭に太い土の柱が叩き込まれた。

「……まったく、私に連絡したのは正解だが、この現状には花丸はあげられんな」

カツンと、コンテナの入り口から新しい足音が聞こえてくる。

長いローブを揺らし、燃えるような赤髪を携える少女はゆっくりとレイラの元へと向かった。

「……弱者《いもうと》を守るのが、私《あね》の役割なのだがな」

シリカが悪態をついたその瞬間、コンテナにいる全ての者へ土の柱が叩き込まれた。服用者と中毒者は、重たい衝撃によって一撃で意識を刈り取られる。

無詠唱で的確に魔法を放ち、無力化して見せたのは流石《さすが》としか言えないだろう。

しかし、シリカは余韻に浸ることなくしゃがんで崩れ落ちているレイラへ視線を向けた。

（おおよそ、中毒者か服用者の暴動に巻き込まれたんだろう。うちの妹は功績ほしさに突っ込むタイプではないからな）

頭から血が流れている。ところどころ服が擦り切れているが、問題は腹部の傷だ。口から血が零れている時点で深い傷なのだということは分かる。というより、現在進行形で流れている血を見れば一目瞭然だ。

あと問題なのは――

「なんで私がこんな目にそもそもこんな結末なんて望んでいなかったのにこれも私のせいなのこんなに頑張って彼の横に立とうとしてるのにこれじゃあまるで」

――まるで動けなさそうな体のままうわ言を呟《つぶや》き始めたレイラの様子である。

（クソ……『五分《フィフティー》五分《フィフティー》』とやらは即効性の麻薬だったのか）

元々、カーマイン家の血筋は瞳が赤い……が、何やらレイラの瞳が徐々に黒みを帯びているように見える。きっと、麻薬の副作用によるものだろう。

（……一旦、ソフィアの元に連れて行くか。どちらにせよ、放置すれば新しい死体の完成になりかねん）

シリカはレイラを無理矢理立ち上がらせると、そのまま肩を貸して歩き始める。

しかし、その前に――

「よくも私が守るべき弱者に手を出してくれたな、クソ才能に渇望《かつぼう》した下郎が」

もう一回、土の柱でも叩き込みたい。

腹いせ、仇討《あだう》ち、なんでもいい。とりあえず、少しでも気が晴れるようにといった、我儘《わがまま》故に。

だからこそ、シリカは今一度フードの脱げた少女へと視線を向け――

「……は？」

◆◆◆

「いやー、リーゼロッテもセシルもありがとーねー」

セシルの目の前には、着崩した制服を着用し、可愛《かわい》らしく悪びれているユーリの姿。

肩口まで伸びている髪にかかっているウェーブは、少しオシャレな感じがする。実際にアルヴィンの目も引いていたみたいだし、「私もやった方がいいのかな？」なんて思ってしまう。

いや、それよりも今は目の前のことだ。

ユーリの背後、そこには積み上げられた人の山をせっせと運んでいく騎士団の姿があった。

「流石に私一人じゃ運べないし、うちらは机に座って努力する人間だからお姫様抱っこなんかできないし。かといって、服用者を放置するわけにはいかなくてさー」

セシルとリーゼロッテは、魔法士団の副団長に呼び出された。

用件は「服用者捕まえたのはいいけど運べないっす、手伝ってくんね？」というもの。

実際に、それ自体は構わない。先越されて悔しいなー、という気持ちこそあれど、それが被害者の救助や目的の達成に繋《つな》がるなら人員を貸し出すぐらいどうってことない。

念のためアルヴィンやソフィアには捜索を続けてもらっているが、リーゼロッテやセシルはすぐさまユーリの元へ赴いた。

ただ、疑問に思うのは——

（ユーリちゃんが、これだけの人を倒した……？）

目に見えるだけでもざっと三十人。運ばれていった人間を踏まえるともう少し多いだろうか？　いくら相手が素人《しろうと》で一般市民だったとはいえ、無傷で飄々《ひょうひょう》と現在立っていられるほど余裕で倒せるものなのだろうか？

（……まぁ、いっか）

何人倒していようが、きっかけや服用者を捕まえられたのは進展だ。たとえ「あれこんなに強かったっけ？」と疑問に思っていようが、目的に近づいたのは間違いない。

セシルは脳内の疑問を振り払うと、情報の共有を求めてユーリへ尋ねた。

「何か分かったことあった？」

「んー、セシルがほしがっていそうなものはないかも。レイラっちから教えてもらったように、見ての通り服用者や中毒者の目は真っ赤っか。あ、黒よりの赤かな？」

レイラちゃんから聞いてないんだけど、とセシルは頬を膨らませた。

あくまで貴様はそっち側か女狐《めぎつね》……ッ！　なんて思っていそうな顔をするセシルの膨らんだ頬を人差し指で潰しながら、リーゼロッテが話を続ける。

「瞳の色は副作用とかでしょうか？　ちなみに、他には？」

「あとは単純に力が強かった。一撃もらったわけじゃないけど、客観的にはセシルと同じぐらいじゃないかな？」

その言葉を聞いて、リーゼロッテはギョッとした。

折りたたみ式という特注で軽々背負えているように見えるが、セシルは伸ばしたら自身の身長を優に超える背中の大剣を扱えるほどの力を持っている。

パワーだけで言えば、アカデミー随一。それと同等となると、驚かずにはいられない。

（つまるところ、服用者や中毒者と戦うことは極力避けなければなりませんね……）

勝てる勝てないで言えば勝てる。だが、服用者とて人は人だ。殺すのではなく無力化、かつ数で圧倒されてしまえばこちらだってどうなるかは分からない。

「ふーん……おかしな話だね。『五分五分《フィフティーフィフティー》』はあくまで二分の一で才能を与える麻薬なんでしょ？　一人二人ならともかく、全員が筋肉量で言う才能が与えられるとは思えないんだけど。そもそも、どうやって才能を与えてるのか分かんないし」

セシルの疑問はごもっともだ。

才能は人それぞれ。戦闘能力に長《た》けている人間もいれば、記憶力に才能がある人間だっている。全てが全て、純粋な力に才能があるわけではないのだ。

もしかして、『五分五分《フィフティーフィフティー》』で与えられる才能は純粋なパワーだけ？　なんて疑問がセシルの中に湧き上がる。

しかし、それはリーゼロッテとユーリが否定した。

「言ったでしょう、学者が『五分五分《フィフティーフィフティー》』を使用して話題になったと」

「その人は今までなんの成果も出せなかったみたいだよ。それなのに急に……って、おかしくない？　偶然とか集大成とかあるかもだけど、現実的に考えればそうじゃない」

「麻薬の仕組みや材料については何も分かりませんが、服用者や中毒者の結果だけは分かっております。何せ、二分の一に溺れた人間はもう検証に飽きているのにもかかわらず湧き上がってくるのですから」

「…………」

セシルは近くにあった小石を乱暴に蹴り上げる。

『五分五分』。それを売り捌く販売人。そして、廃人確定路線に乗ってしまった中毒者と服用者達。

(才能がほしいって気持ちは分かるんだけどねぇ……)

ただ、それで喜べるかと言われればノー、だ。

才能を得たところで過程に問題があり代償が高ければ後悔もするし周囲は納得も賞賛もしない。

果たして、『五分五分《フィフティーフィフティー》』に手を出した人達は理解していたのだろうか？　起こりうる、才能を求めた上での代償を——

「ん？」

ふと、セシルの視線が横に向く。

なんの変哲もない、ただの二階建ての住居。そこから、小さな女の子と母親らしき人が姿を現した。

買い物にでも出掛けるのかな？　いや、それにしては何故ナイフとフライパンを片手にこちらへ血走った目を向けているのかがいまいち分からない。

『お、ぇあぁぁぁぁぁぁぁぁぁぁぁぁぁぁぁぁぁぁぁぁぁぁぁぁぁぁぁぁぁぁぁぁッッッ！！！』

「な、なにッ⁉」

親子は真っ直《ます》ぐにセシル達の元へと走り出してきた。

明らかに害意があるのだと分かるように、ナイフとフライパンを構えたまま。

セシルは咄嗟《とっさ》のことに驚いたものの、すぐにそれぞれ手に持っていたものを払い除《の》け、首筋に手刀を落とした。

「なになに⁉　まさかエキストラが舞台に出たいって張り切っちゃった感じ⁉　それとも中毒者か服用者⁉」

「……前者はともかく、後者は考え難《にく》いですね」

セシルは視線を落とす。

襲いかかってきた親子。その二人共、目は赤く染まっていなかった。

つまるところ——本当の一般市民。

「だからこそ、少しマズいことになりました」

リーゼロッテがチラリと視線を後ろに向け、剣を抜く。

そこには、街のあちこちから飛び出してきた市民を必死に無力化しようと武器を取る騎士団の姿が。

『待て待て待て！　俺、盗み食いなんかしてませんよ⁉』

『クソ！　なんでいきなり街の人が襲いかかってくるんだ⁉』

『怪我《けが》させないように無力化するしかねぇっていうのか……ッ！』

街の人同士で争っている様子はない。

間違いなく、自分達だけに。建物や通りの先から姿を見せた人間が、それぞれ武器を持って一斉にリーゼロッテ達へ襲いかかってくる。

「待って、待ってよリーゼロッテちゃんっ！」

何か現状を冷静に判断したリーゼロッテに対して、セシルは声を荒らげる。

まるで、そんなのあるわけないと否定したがっているように。

「この人達『五分五分《フィフティーフィフティー》』の販売人《ディーラー》どころか服用者ですらないんだよね⁉　じゃあ、私達は何に対して剣を握らなきゃいけないのッッ！！？？？」

無論、言うまでもなく。

なんの罪もない、街の人間ほぼ全てに対してだろう。

何せ、今こうして叫んでいる間にも、罪もない一般市民が武器を持って雪崩のように押し寄せて来ているのだから。

◆◆◆

「この場を面白くするならもっと面白いことをしなければダメよね」

なんていったって私は彼の横に立ちたい人間だもの。予想外で奇天烈《きてれつ》でそこいらのマジシャンみたいな種が薄《うっす》ら分かるのもえぬじー……だってそうじゃなきゃ面白くないもの。

「私は私の感情をそろそろ優先してもいいと思うの常々姉さんが言ってたわけだしそうとなれば私は何から始めるべきかしら」

優先は腹の傷よね。ソフィアにさっさと治させるとして次は面白いこと……いやいや、面白いことをするよりも。やっぱりまずは望みを叶《かな》えてからにしましょう。

私がこのポジションに収まらなきゃいけないのも、彼女がいるからだし。

「差し当たっては彼女がいなくなる方法を考えましょう」

医務室送りは復活の可能性があると考えて、無難は重体いや殺しちゃう方が手っ取り早いかしら？　それだったら今の私ならなんでもできる。できる気がするけれど、真っ向から戦うのはまたしてもえぬじーね。それだとタガが外れた私でも力は五分だし、決定打に欠ける。

となれば魔法かしら？　何せ、人間には必ず総量の差こそあれど少しは魔力があるわけだし、あとはセンス次第ね。

「ってなると既存の魔法はダメねふふっ才能がなさすぎるだったら既存じゃない魔法を考えてみましょう今思えば『五分五分《フィフティーフィフティー》』は面白かったわねまるで魔法みたいそこから考えてみましょう」

人の正常さに欠かせないのは脳。正常な判断を歪《ゆが》めているのは間違いなく脳が関係している。

人の脳って電気信号によって体に指示が送られて初めて行動できるんだったかしら？　そうなると『五分五分《フィフティーフィフティー》』はそこを弄《いじ》っているのかしらだけど、あれはあまりにも不鮮明で不明瞭行動指針が思考を奪っている時点で都合よくは動いてくれない。

「だったらそこの信号を意図的に操作してみればどうやって具体的に流石《さすが》に分からないわねとなると違う側面でアプローチする必要があるわ操作じゃなくて共感かコピー私自身の信号を他人に譲渡すれば話は早いわそれなら式も確立できる問題は送り続けるのに魔力を使い続けることになるのだけれどそこは私のふぁいと次第ね頑張れ私あははっ」

『五分五分《フィフティーフィフティー》』から着想を得てしまったのは不本意甚だしいけど……これは素晴らしい

んじゃないかしら？

だってこの式が確立させられたのなら現代魔法の先駆者じゃない。それこそ、固有魔法《オリジナル》の域に達するわけだし。

「流石は姉さんと同じ血筋ってわけこれなら戦争起こしてもよゆーで勝てちゃう私ってやっぱり才能がある彼の横に立つ資格がある」

彼女じゃなくて、私だけのポジション。

もう相棒で甘えたりなんかしない。

「やるんだったら力ずくで奪う私個人だけならダメだけどこの魔法だったら多勢に無勢だし勝てちゃうし手も足も出ないでしょだってそっちは街の人間使っちゃうと殺せないし臆病者だものばーかばーかあほーだから負ける道理なんかないしそれこそリーゼロッテ様にも勝てちゃうし横のクソ姉にも勝てちゃうしははっっっ！！！」

本当に、何を言っているんだろう？

分からない、『五分五分《フィフティーフィフティー》』の服用者は、もれなくこうなってしまうのだろうか？

もはや息をつく間もなくただただグルグルと独り言を喋《しゃべ》り続ける壊れた人形に。

聞き取れるか聞き取れないかのうわ言を、シリカは肩を貸しながら耳にしていた。

だけれど——

「じゃあ早速殺しちゃいましょうあのクソブラコンを」

——これはマズい。

『五分五分《フィフティーフィフティー》』の賭けに勝って思考は保てているのだろうが、聞こえた言葉がマズい。

故に、シリカは本来守るべき弱者《いもうと》に向けて土の柱を生み出して向けた。意識を刈り取るために。

しかし、

「固有魔法《オリジナル》」

それよりも先に、

「『傀儡の現場《ゾンビ・アラウンド》』♪」

そして、シリカの意識がそこで途絶えた。

レイラの口が早かった。

——だけ。

廃人にならなかっただけ、まだ運がよかったのかもしれない。

廃人になった方が、まだ僥倖《ぎょうこう》だったのかもしれない。

人間が違えば、血筋が違えば、環境が違えば。身近に魔法に精通している人がいなければ。こんな内に秘めた想《おも》いなんてなければ。

こんな最終展開《クライマックス》にはならなかっただろう。

一パーセントでも運が傾いていれば、違った展開にお目にかかれたはず。

実際には相違。その一パーセントが致命的で決定的。

きっと、誰もがそこいらの宝箱だったらよかったと嘆くことだろう。

ただ、引いてしまったのはある意味のトランプのババ。ある意味の眠れる脅威《さいのう》。

パンドラの箱が、今悲しいことに開かれてしまった。

さぁ、すでに。猛威は振るわれている。

◆◆◆

「ほんとにマジで何が起きてるの……」

アルヴィンは時計台の上で大きなため息を吐《つ》いていた。

見晴らしが綺麗《きれい》、海が見える！　なんて子供らしいお目目キラキラなどはない。

というのも、見下ろせば時計台の下にはバーゲンセールでもやっているのかと思ってしまうほどの人の群れが。

それらが先程から自分達に向かって襲い掛かってきているのだ。

しかも、更に最悪なのは全てが服用者でも中毒者でもなく、単なる一般市民。

襲い掛かってこられる理由も意味も分からず、かといって解決方法もよく分からず、アルヴィンはこうして時計台の上にまで逃げていた。

もちろん、アルヴィンだけであれば一般市民を無力化することなど造作もなく、逃げずに原因究明に走ることもできたのだが――

「ほ、本当にどういうことなのでしょう？」

アルヴィンの腕の中で、金色の髪を揺らした可愛《かわい》らしい少女が戸惑う。

そう、今のアルヴィンには共に行動していたソフィアがいる。訓練場を走れば二周でギブアップしてしまうようなか弱い少女が、何故《なぜ》か息切れしてくれない一般市民から逃げ切れるとは思えない。

故に、アルヴィンはソフィアを抱えて逃げに徹するしかなかった。

（って言っても、どうせここもそろそろ一般市民がやって来るわけだし……無敵なかくれんぼゾーンっていうのは存在しないのかね？）

フラグはすぐに回収される。

時計台唯一の出入り口。そこの施錠《せじょう》すらも容易に破壊して人の波が襲い掛かってきた。

「っていうわけで、今度ももう一回バンジージャンプ！」

「助けてもらっている私が言うのもなんですけど絶叫系はできるだけ控えていただけるときゃぁぁぁぁぁぁぁぁぁぁぁぁぁぁぁぁぁぁっ！！」

アルヴィンがソフィアを抱えたまま宙へと身を投げる。

胸元で華奢《きゃしゃ》な女の子の悲鳴が聞こえてくるが、逃げるのにレディーの意見など悠長に聞いている暇はない。

（まずは姉さん達と合流かな？　リーゼロッテ様も一緒にいるし、今の姉さんだったらそこら辺の相手には負けないだろうけど、なんか知ってるかも）

いや、と。ふと落下しながらアルヴィンは思う。

（先にレイラと合流した方が賢明。彼女なら知ってる可能性高いし）

アルヴィンは内心で行動方針を決めると、地面から聳《そび》えるほどの柱を生み出して軽々と着地していく。

腕の中のソフィアが震えているような気がしなくもないけど、あとで全力で謝れば許してもらえるだろう。

「ソフィア、レイラを捜そう」

「レイラ、さん……ですか？」

「うん、こういう時の頼もしい相棒って言ったら彼女だからね」

レイラは情報屋。

情報を収集するという面に関して、アルヴィンは彼女を「天才だ」と思っている。

人脈だろうが隠密《おんみつ》能力だろうが。レイラの収集する情報は国が収集するものよりも早く、正確だ。

レイラとは長い付き合い。だからこそ、彼女の才能と頼りがいをより理解している。

「ってなると、とりあえず連絡を――」

そう思って耳の通信魔道具に手を伸ばした瞬間だった。

氷の柱の近く。見慣れた赤い髪の少女が誰かに肩を借りながら歩いている姿が視界に映った。

ただ、明らかに……怪我《けが》をしている。遠目からでも分かる服に着いた赤色が、アルヴィンの背中に悪寒《おかん》を走らせた。

「ソフィア、ごめんっ！」

「え、えっ⁉」

アルヴィンはすぐにソフィアを抱えたまま柱から降りる。

もう一度味わう浮遊感にソフィアは顔を強《こわ》ばらせたが、アルヴィンは気にする様子もなかった。

またしても軽々と着地したのち、ソフィアをゆっくりと下ろす。ようやく浮遊感とその元凶から解放されたからか、ソフィアは大きく安堵《あんど》の息を漏らした。

しかし――

「レイラさんっ⁉」

降り立った視線の先。そこには、姉に肩を借りてフラフラと歩くレイラの姿があった。

アルヴィンよりも早く、ソフィアがレイラの元へと駆け寄る。

「だ、大丈夫ですか⁉　傷は……頭もっ」

「治して」

「へ？」

無論、ソフィアはすぐに治すつもりではいた。

明らかに分かる重傷。早く治さないと後遺症が残るか手遅れになってしまうからだ。

それでも、回復士《ヒーラー》の手が止まってしまったのは。

「早く、治せ」

幼なじみから向けられる冷たい言葉と瞳のせいだろう。

レイラは、こんなにも強い口調で話していただろうか？　どんなに自分が失敗しても、姉のように優しく注意してくれたり、笑いかけてくれていたはずなのに。

いや、そもそも。レイラの瞳はこんなにも赤黒い色をしていただろうか？

魔力を注ぎ、レイラの腹部を治しながらグルグルと目まぐるしくソフィアの思考は混乱していた。

何故？　どうして？　もしかして？　なんて冷静な判断が身内の異変には付けられなか

った。

　ソフィアの回復士《ヒーラー》としての腕前は、生徒の中では群を抜いている。

　深かった腹部の傷はみるみるうちに塞がれていき、綺麗に……とはいかないものの、ある程度は処置ができた。

　傷が塞がったのが分かったのか、レイラはソフィアの魔力が弱まった瞬間に体を動かし始める。

「……一応、傷は塞ぎました。でも思った以上に深いので運動は控えてこのあとは正規の回復士《ヒーラー》に診てもらって――」

「うん体は動くわね痛いけどこの程度なら大丈夫じゃないかしらこれから彼女のところに行かないといけないわけだし今動かないと体が覚えそうにないものそれに善は急げって言うしねふふっ楽しくなってきたわ」

「レイラ、さん……？」

　うわ言のような、独り言のような。ソフィアの存在などまるで用済みとでも言わんばかりに、レイラは視線を虚空《こくう》へと向ける。

　明らかな異変だというのは分かっていた。それに、横にいるシリカの瞳も何故か虚ろだ。

　レイラのように赤黒く染まっているわけではないが、明らかに瞳の中の光が失われている。

「そういえば私が今する目標設定は彼女じゃなくて騎士団だったわよね邪魔だし最終的にスマートで彼の目の前で行う必要があるから邪魔が入ると面倒なのよね大人しく外野でキャッチボールしてくれそうにもない人間だから――」

ギロリと、虚空へ向けられていた瞳がソフィアへ向けられた。

「ソフィアも騎士団の人間ならここで即時退場してもらわなきゃいけないのよね」

ゴンッッッッッッッッ！！

その直後、二つの衝撃音が同時にソフィアの耳に届いた。

一つは足元からいきなり柱が生まれた音。もう一つは、いきなり目の前へ現れた少年が寸前で、素手で柱を止めた音。

非戦闘員であるソフィアには、何が起こったのかよく分からなかった。

だけど、目の前に来てくれた少年は違う。

「……これはどういうこと？」

アルヴィンが発した言葉はレイラとシリカの二人へと向けられる。

この土の柱は間違いなくシリカの生み出したものだが、シリカがちゃんと喋《しゃべ》れるのか分からない。

まぁ、それはレイラにも同じことが言えるだろう。

「なんでなんではははっなんでアルヴィンが止めるのだって私はあなたのためにやっているのにあなたの横に立ちたくてやっているのに」

「……僕？」

「ええそうよそうなのよ私はあなたの隣に立てるよう頑張ってるの見てよ姉さんの姿これ私がやったのよ凄《すご》いでしょもう完全な玩具《おもちゃ》ね玩具一緒に遊ぶ？」

会話ができているようでできていない。

なんでこんなことを！　と、感情的な発言を繰り返しても恐らく的外れな言葉が返ってきそうだ。

瞳の色も微妙に変化しているし、何より情緒が不安定になっている。うわ言を喋っていたと思えば、今度は徐々にボリュームが上がっていく。

「どういう理屈でどういう動機なのかちゃんと聞きたいんだけど？　今、自分がしたこと分かってる？」

「何って脳に送られた信号をコピーして入れ替えてるのよ私が思っていることを他の人にごっそりと魔力は今も垂れ流し状態だけど今ならなんでもできるわ式は構築した成功した

あとはあなたに証明するだけッッッ！！！」

「証明？　いや、それよりも……」

この現状はレイラが生み出したものなのか？　多分、そうだろう。今のシリカの姿は、襲いかかってきた街の人達と似ている。

シリカの状態を自分の手でやったと言ってたから、今の惨事の元凶はレイラということ。

いや、しかしどうやって？　脳内の信号を入れ替えるためにはどの過程を踏まなければならない？　位相？　模倣？　そこからどう段階を設ければ他人の脳へ入れ替えられる。

(分からない……けど、問題はそこじゃない。確実にレイラはなんでか『五分五分《フィフティーフィフティー》』を服用してしまった)

『五分五分《フィフティーフィフティー》』を服用した者は全員が正気を失うらしい。

そこから得られる恩恵は二分の一。成功すれば才能が与えられ、失敗するともれなく廃人。

つまるところ、今のレイラは成功して新しい才能を手に入れた状態ということになる。

無論、会話ができない情緒不安定になっているわけだが。

間違いなく、傷のことも考えて設備の整っている病院に行った方がいいだろう。

故に、アルヴィンがすることは——

「……ごめん、レイラ」

アルヴィンは拳を握り、レイラの背後へと即座に回り込む。気を失わせるための一撃を叩《たた》き込むために。

しかし――

「だぁ～め♪」

背後に回った途端、レイラが背後に向けて拳を振り上げていた。

背後に回ってから拳を振り上げなければならないアルヴィンとは違って、レイラは振り下ろすだけでいい。

故に、あまりにも重たい一撃がアルヴィンの顔に叩き込まれた。

「アルヴィンさんっ⁉」

地面を何度もバウンドしながら吹き飛ばされていくアルヴィンを見て、ソフィアは慌てて駆け寄る。

一方で、レイラは虚空へと叫んでいた。

「なんであなたが邪魔をするの私はただあなたのために頑張ってるのにまだ私を相棒のポ

ジションに置こうとするのそんなに姉のことが大事なの私なんかよりッッッ！！！」

速い、速すぎる。アルヴィンの知っているレイラの動きとはかなり違う。

そのために一撃をもらってしまったのだろう。ある意味の油断だ。

これも『五分五分《フィフティーフィフティー》』の恩恵だろうか？　フラフラと、アルヴィンはソフィアが駆け寄ってくる前に起き上がる。

そして、すれ違うようにして、駆け寄ってきたソフィアを庇《かば》うように前に出た。

「……ソフィアは下がってて」

「えっ」

アルヴィンはどこか悲しい瞳で告げる。

「レイラを止める。多分、僕がしなきゃいけないことだ」

レイラは執拗《しつよう》に僕のことを口にしている。

僕の隣に立ちたいのだと、見てほしいのだと。どうしてそんな感情になっているか分からないけど、原因は僕で、僕のせいで起きたことだ。

「あーあーそういうことねよく分かったわさては私の頑張りと価値を自分の目で確かめたいんでしょいいよやってあげるあの女はあなたの目の前でちゃんと殺してあげるねできるかどうか確かめたいあなたの気持ちを汲《く》み取ってあげるだって大好きなんだからッッ

ッ！！」

このままレイラを放置するわけにはいかない。

こうして街の人やシリカを動かしている以上、目の届かない場所で誰かが怪我《けが》をして、誰かに被害が出ているかもしれない。

そもそも、今の状態がどれだけ体に負担をかけているか分からないのだ。このまま放置していると、いつかレイラ自身が壊れてしまう恐れだってある。

(レイラを、助けなきゃ)

だって、レイラは僕にとって特別な人なんだ。

ずっと、僕の我儘《わがまま》に愚痴一つ零《こぼ》さず付き合ってくれた。

あの日、偶然に助けた時から始まった関係。唯一、僕の実力を知っていた相棒。

正直、街の人やシリカといった赤の他人などどうでもいい。

これがレイラという少女の助けになるのであれば――

(助ける)

だからこそ一歩、アルヴィンは前へと出る。

相手は相棒で、傍《かたわ》らには傀儡《かいらい》となったアカデミー最強の魔法士がいる。

それでも、それでもなお。彼女がこれ以上過《あやま》ちを積み上げないようアルヴィンは前を見据える。
よく分からない。
もしかしたら、これから起こる戦いは贖罪《しょくざい》なのかもしれない。
種明かしはあっさりされた。種明かしと言っていいのか分からないけども。
分からないけど、分からないけれども——
「……レイラと戦うのって、なんだかんだ初めてだよね」
少年は拳を握る。
販売者《ディーラー》なんて関係ない。
ただ、目の前の女の子を助けるために。

◆◆◆

結局のところ、セシル達が取れる手段など逃亡しかなかった。

まるで傀儡《ゾンビ》のような善良な一般市民を攻撃するわけにもいかず、かといって無抵抗に制圧に向かえば手加減を知らない今の彼等から袋叩《ふくろだた》きに遭ってしまうかもしれない。

故に、逃亡。各自散開するようにして、街の中を走っている。

セシル達が走っている場所は見晴らしのいい大通り。何故《なぜ》どこかの建物に入らないのか？　いや、入っていたのだけれどすぐに見つかってしまったのだ。今は、建物から逃げ出してすぐである。

「あー、もうっ！　いつまで続けるのこの鬼ごっこ！」

セシルが走りながら空に向かって叫ぶ。それが余計に傀儡《ゾンビ》達を呼び寄せるのだから本末転倒だろう。おかげで、曲がり角からまた二人、街の人が姿を現して、慌ててセシル達は屋根の上へと跳躍した。

「……ねぇ、さっきから叫んでるけどさ。狙われ続けてないと暇で寂しいっていう子供ムーブ？」

「ごめんちゃい！」

ユーリからのジト目を受け、申し訳なさそうに両手を合わせるセシル。

ここに野郎がいれば「可愛《かわい》いから許す！」とサムズアップしただろうが、生憎《あいにく》とここには美少女しかいなかった。

「とはいえ、セシルの言い分はごもっともですね。鬼ごっこをするのは構いませんが、こちらも体力の限界というものがあります」

と言いつつも涼しい顔をするリーゼロッテが、屋根の上を走りながら下にいる傀儡《ゾンビ》達を見る。

「本職魔法士な私には厳しいお言葉だねぇ……実を言うと、息切れ数分前っす」

「お姉ちゃんが抱えて走ってあげよっか？」

「やめて流石《さすが》に団員に見せられないよおんぶなんて情けない姿私一応上司副団長ッッッ！！！」

そう叫んでいる間にも、傀儡《ゾンビ》達は屋根に登ってセシル達を追い回していく。

確かに、これでは騎士団側の息切れの方が早そうだ。

「しかし、原因が分からない限りはこの状況が続きそうですね。見たところ、傀儡《ゾンビ》達の瞳は赤くないようですし、『五分五分《フィフティーフィフティー》』とは関係ない状況でしょうか？」

『五分五分《フィフティーフィフティー》』の服用者達は副作用で瞳が赤黒く染まっている。

そうでないとなれば、『五分五分《フィフティーフィフティー》』とは関係ないことが起こっているのだろう。だからこそ余計に分からないのだが。

「でも、自我を失っているっていう点では共通してない？　だって、服用者さん達も襲ってきたんでしょ？」

「襲って来てないのにあんなに負傷者の山を築いたら、それこそ私ラスボス扱いじゃん

「……」

「そりゃそっか」

セシルは場を和ませるほどの可愛らしい笑みを浮かべる。

「ですが、無関係というわけではなさそうですね。事象が似ているのにたまたまで済ませるのは、現状愚策かと」

「っていうか、それしか考えようがないし」

リーゼロッテ達は走りながら、共通部分を擦り合わせるように口を開く。

「共通点は正気じゃないこと」

「自我まで失うっていうのはナシね。普通に服用者達は喋《しゃべ》ってたし」

「だったら魔法？」

「少なくとも既存の魔法じゃ正気を失って私達に向かってレディゴーさせることはできないね」

「となると『五分五分《フィフティーフィフティー》』関連で間違いないでしょうか？　ホイホイ固有魔法《オリジナル》の可能性を挙げればキリがないですし」

「っていうか、そんなにホイホイ固有魔法《オリジナル》が使える魔法士がいてたまるかっつーの」

「妥当で考えるなら、傀儡《ゾンビ》達は『五分五分《フィフティーフィフティー》』を使用してすぐで、まだ瞳に副作用が表れていないだけ」

「いやいや、それはないっしょ。だってあれは即効性の麻薬だよ？　服用してたらすぐ目に表れるって」

「なるほど」

そう頷《うなず》いて、リーゼロッテの足が止まる。

「詳しいですね、即効性などという情報はどこからも共有されていないはずなのに」

ピタリと、今度はリーゼロッテだけでなくセシルとユーリの足まで固まった。

背後から一般市民が迫ってきているというのに、誰も足を動かさない。

しかし、そんな静寂を心根の優しいセシルは慌てるように破った。

「ちょ、ちょっと待ってよリゼちゃん！　いや、確かに開示されてない情報かもしれないけどさ、服用者達と戦った時にそう思ったのかもしれないじゃん！」

「ええ、そうかもしれませんね。否定できる可能性があり、根拠が薄い以上犯人の断定は難しいでしょう」

ですが、と。リーゼロッテはユーリに視線を向ける。

「何故黙っていました？　かなり貴重な情報のはず。うっかり……でなければ、黙っていた意図は？　他にも、ユーリさんにあれだけの人数を倒せる実力はありましたか？　こうして屋根の上へ登る際、ただの魔法士であるあなたがどうして跳躍してみせたのですか？」

一つだけなら気に留めなかっただろう。ただ、二つ、三つと挙がってしまえば疑念の色は濃くなる。

いくら否定できる可能性が残っていたとしても、それ以上に疑念のほうに天秤が大きく傾く。

度々浴びせられる詰問《きつもん》。セシルは言葉を出せずにいた。

だって、ここにいるのはユーリで自分の知っている人間で、おかしなことするような人間じゃ——

「……私って、ミステリー小説とかでよくある失言を犯人が誤魔化そうとする展開って嫌いなんだよね。読んでてシラける」

ポツリと、ユーリは言葉を漏らした。

「だってさ、疑われた時点で挽回《ばんかい》なんか無理じゃん？　どんだけ時間かけるつもりかっつーの。一冊どころか三冊分時間を使わないとキャラクターも読者も疑い続ける。それなのに必死に否定してさ、阿呆《あほ》じゃない？」

「ユーリ、ちゃん……？」

何を言っているの？　という瞳で、セシルはユーリを見やる。

「そもそもの話をしよう」

しかし、そんな瞳などさもどうでもよさそうにユーリは髪の先端を弄《いじ》り始めた。

「君達って何をもって服用者と中毒者って分類分けしてたの？　もしかして『様子がおかしくて薬を求めたがる人間』を中毒者、『ただ使用しただけで様子のおかしい人間』を服用者ってしてるわけじゃないよね？」

その言葉に、リーゼロッテもセシルも何も言わない。

色々言いたいことはあるが、リーゼロッテやセシル達が言い方を分けていたのは正しくユーリの言っている通りだった。

服用しているだけなら症状は少ない。沼に嵌《は》まっているなら取り返しがつかなさそう。

そうして分類分けすることによって、今回の一件で救う優先順位を設けていたのだ。

しかし――

「言っておくけど、『五分五分《フィフティーフィフティー》』はただの麻薬じゃない」

パチン、と。ユーリは指を鳴らした。

その瞬間、ユーリの髪からシャボン玉のような透明な球体が飛び出し、何故か一瞬にして髪全体が金から七色に変色する。

「あれって、固形にして麻薬に似た症状を出してるけど、実際のところは『魔力』でしかないんだよね。それも、少し変色させた。皆が勝手に麻薬って言ってるけど、蓋を開ければなんのこっちゃ……ただ純粋に、誰の体にもあるようなもの」

ポッ、ポッ、ポッ、と。ユーリの体からさっきと同じような球体が飛び出た。

それは宙に浮かび、揺れながらもユーリの周囲を浮遊する。

「中毒になっている人っていうのはさ、ただ才能がほしくて求めているだけなんだよ。一つの才能を手にしたから満足？　あははっ♪　違うよね、上がある以上更に皆は上に行きたがる。今の才能だけでは満足しなくなる。だからほしくなる。そうするとあら不思議……せっかく勝ったのに、また二分の一。確率で言ったらどうなるかにゃ？　二分の一を勝ち続ける確率。さぁ、頑張って計算してみて！」

一回なら二分の一。二回連続なら四分の一、三回連続なら八分の一。挑戦すればするほど、五分五分なんて綺麗《きれい》な数字ではなくなる。

一度でも失敗してしまえば廃人コース。そんなの分かり切っているはずなのに、こうして皆は正気を失ってまで求めてしまう。

ゴクリと、セシルは息を呑んでしまった。

そんなの、公平じゃない。二分の一という耳触《みみざわ》りのいい謳《うた》い文句で希望を煽《あお》り、底なしの沼に嵌める。何かの詐欺に遭っているようなものだ。

しかし、何故《なぜ》皆考えれば容易に辿《たど》り着けそうな確率論を理解もせず手を出してしまうのか――

「ありゃ？　なんで『負ける確率が高くなる博打《ばくち》に手を出し続けるのか？』とでも言いたげな顔だねー」

「ッ⁉」

「いいよ、せっかくだから教えてあげようじゃないか！」

図星を突かれて驚くセシルを他所《よそ》に、ユーリは七色の髪を靡《なび》かせて高らかに声を発した。

「いつの世だって、天才っていうのはタガが外れている！　世紀の大発見をした魔法士だって、常人では考えられない武才を持った剣士だって、皆イカれてるのさ！　考えてもみなよ？　あ、こいつおっかしーってほど勉強をする人間は普通の思考回路じゃないでしょ？　どんだけ走るんだよって思ってしまう人間がまともとでも？　うんうん、分かってるよ大丈夫。その思考は正しい！　何せ、人は己の体が壊れないように自然と行動をセーブしている生き物なんだから！」

人は無意識に、己のリミッターを定めようとする。ある意味『痛覚』というのが、分かりやすいリミッターなのかもしれない。

己の体が壊れない範囲を定め、その範囲内で行動を促す。本当であればもっと動けるのに、考えられるのに、思考以前に体がストップをかける。

せっかく読んだ書物の内容を忘れていることはないだろうか？　記憶にはあるんだけど引き出せない……なんて話もあるが、もっと違う側面もある。

脳の許容量は決まっている。それ以上何かを与えようとすると、他の部分が壊れてしまう。本当にそうか？　と思う人間もいるかと思うが、火事場の馬鹿力が正しくこの説の証明である。

意識的には引き出せない力。無意識の内にセーブをかけるリミッター。

タガが外れた人間というのは、これらの何かが壊れており、人一番に成長を促しているのだ。

だからこそ、普通の人は意味が分からないと、『天才』、『才能』という言葉に置き換えて口にする。

「んで、魔力はそのタガを外してあげるために用意されたもの。かといって、魔力っていうのは液体みたいなものでさー……誰の中にもある自分の魔力が与えられた魔力に染まっちゃう可能性があるんだよ。あぁ、ちなみにここの確率が『五分五分《フィフティーフィフティー》』ね？　順応できず与えられた魔力に染まっちゃうと、外そうとしたタガだけじゃなくて全部が外れちゃう。一つ二つならまだ正気を失うぐらいで済むけどさ、全部外れちゃうと体と脳が保《も》たなくなるわけよ。だから廃人コースってわけ」

「ッ⁉」

「でもさ、せっかく思考を保っても正気が失われてるわけじゃん？　そこに理性も入ってるわけで……まともな確率論なんて気にならなくなるわけだよ。欲に正直になってるわけだし。才能がもらえたから『自分ならいける！』って。つまりぃ？　そもそも服用者ってカテゴリは要らないんだよね。だって、皆もれなく中毒者になるんだから！」

言ってること分かる？　と、ユーリはにこやかに笑った。

理屈は分かった。構造も理解した。今まで誰にも分からなかったこの悲劇の仕組みもようやく開示された。

この情報を持って帰れば、もしかすれば『五分五分《フィフティーフィフティー》』の対処法だって分かるかもしれない。

ただ――

「……これだけ語っておいて、もう無関係などとは仰《おっしゃ》いませんよね？」

「うん、もち♪」

ユーリは冷え切ったリーゼロッテの視線を受けながらも、親指でサムズアップを見せる。

すると、マントを翻《ひるがえ》して口にした。

「んじゃ、改めて――」

高らかに、自慢するように、緊張感もなく、呆気《あっけ》なく、その言葉は耳に届く。

「元『愚者の花束』が修道女――あ、名前はめんどいからユーリで。ただし、君達が求めている販売者《ディーラー》をやってます♪」

『愚者の花束』。その言葉を聞いて、セシルは思わず背中から大剣を引き抜いた。

あの悲劇の少女が所属していた禁術を取り扱う集団。紛《まご》うことなき悪党の集まり。

この事件の首謀者であろう販売者《ディーラー》の名前も相まって、リーゼロッテやセシルの間に緊張感が漂う。

だが、当の本人であるユーリだけは飄々《ひょうひょう》とした態度を見せていた。

「……ユーリちゃん、『愚者の花束』だったの?」

「はい? あー、いやいやいや。言ったじゃん、元って。私は禁術からほしい情報さえもられればよかった感じだし、途中で抜け出した感じなんだよね。と言っても実力的には大司教クラス？　までいってるんじゃね？　ってな感じで。私はそもそも君達が知っているユーリって少女じゃないよ。プリティーな女の子であるのは変わりないけどね♪　ただ、悪党の集まりっていうだけあって『愚者の花束』は元に厳しいんだよねぇ……だからこうして名前と顔は借りてるってわけ！　便利じゃない？　これなら指名手配なんて唾吐いて笑っていられるんだぜ？」

「その割には、目立ちたがりな髪になっちゃってるけど」

「私のアイデンティティなんですけど⁉　なんでシンプルカラーが可愛《かわい》いって決めつけちゃうわけ⁉」

頬を膨らませて、ユーリの名前と顔を借りた少女は地団駄を踏む。

しかし、こちら側は、そんな子供のような癇癪《かんしゃく》に付き合っている余裕もなかった。

「……では、本物のユーリさんは？」

「さぁ？」

返ってきたのは、そんな言葉。

さもどうでもよさそうな、そんな不思議そうな顔だった。

「あの子、どこかの誰かさんの横にいたおかげか、簡単に『五分五分《フィフティーフィフティー》』服用しちゃったし、今頃どっかで廃人にでもなってるんじゃない？」

「…………」

「いやいや、あの子のそのあとなんか興味なくない⁉　だって、そこら辺で見つけた蟻《あり》が運んでる餌の行く先とかそのあととか普通興味ないでしょ⁉　興味があるのは単なる昆虫博士ぐらいだぜ☆」

この女は、たかがその程度でしか認識していない。

自分が蒔《ま》いた種で、欲に駆られてしまった人の末路などどうでもいいのだ。

そして、このユーリを名乗る悪党は——その程度でしか認識できないほど、腐っている。

「っていうわけで、ご丁寧な伏線も前振りもあーりませんっ！　君達とお久しぶりに出会った時点で、キャラクター紹介は終わっておりました！」

それが余計にセシルの堪忍袋《かんにんぶくろ》を刺激したのか、抜いた大剣の切っ先をユーリへと向けた。

しかし、問答をしている間に迫って来た一般市民がようやく三人へと辿り着いたため、三人はそれぞれ違う屋根の上へと飛び移る。

「……なんで」

ワナワナと、飛び移った先でセシルは震える。

「なんで！　あなたは！　そういう風に人を不幸にしてしまえるのッッッ！！」

自分だって誰かを不幸にしていないかと言われれば首を横に振る。

誰かに迷惑をかけたこともあった、心配をかけたこともあった。

だが、これほどか？　これほどまでに悪魔のような所業を為せる人間が本当にいるのか？

かつて、大勢の命と引き換えに大切な人を生き返らせようと悪事に手を染めた少女がいた。

その子は悪事に手を染めていたけれど、己の妹を生き返らせるために……かつて理不尽な不幸に遭ってしまったからこそ、悪事に手を染めてしまった。

でも、目の前の少女はなんだ？

自分のしていることの被害者の存在などどうでもいいと切り捨てるこいつはなんだ？？？

「あー……言っておくけどさー」

セシルの怒りを向けられて、ユーリは頭を掻《か》く。

「私は魔法の研究に勤《いそ》しむ魔法士なわけ。『五分《フィフティー》五分《フィフティー》』なんてその過程に生まれたものだし、経過を確認したら実験材料に用がないのは当たり前じゃん。なに？　セシルは料理を提供してもらったのに腹を下したからコックのせいだとか言うわけ？」

「……ッ！」

「食べるか食べないかなんて客本人が決めることでしょ？　味の感想が分かればコックは客の体調なんて気にしないでしょ？　なんでもかんでも目に見える場所に責任押し付けてくるけどさー、まるで容疑者は一人で決まりですす他は皆被害者です、みたいな押し付けって意味不明なんだよねー」

自分はあくまで『五分五分《フィフティーフィフティー》』を作っただけ。服用したいと願ったのは客の方だ。決定権は向こうにあったわけだし、服用するかしないかはあくまで客側の判断。作成者に責任を押し付けるのは筋違い。

ユーリの言葉にも一理あると思ってしまったからか、セシルは思わず押し黙ってしまう。

しかし、すぐに横にいたリーゼロッテが剣を抜きながら肩を叩《たた》く。

「耳を貸す必要はありません、セシル。そもそも、ここまで被害が広がっているということは、意図的に広めたということに他なりませんから。でなければ、それこそ彼女の言う『制作しただけ』で終わっていたはずなのです」

「ピンポンピンポーン、大っ正解♪　そりゃそうだよね、サンプルがなきゃ研究なんて進まないわけだし！　甘くそそのかして、手のひらで転がしちゃわないとデータは揃《そろ》わないぜ♪」

セシルの大剣を握る手の力が一気に強くなる。

怒りによって強くなっているというのは、もう言わなくてもいいだろう。

「とはいえ、この状況は私にとっても予想外なんだよね。渦中《かちゅう》にいた方が面白いデータが取れるかなって思って君達と一緒にいたわけなんだけど……もしかして才能《ギフテッド》を活《い》かす眠れる天才がいたとか？　あくまで服用しなきゃ正気を失うなんてないし……」

まぁ、どっちでもいいか、と。考え始めたかと思えば、すぐさま笑顔へ戻した。

「せっかく楽しい状況になってきたわけだから、魔法士らしい研究職の性《さが》っていうのを存分に埋めてもらうとしますか！」

ユーリは宙に浮いた球体を指で突いた。

シャボン玉のような球体は見事に弾《はじ》け、辺りに綺麗《きれい》な七色のアーチを見せる。

「そこら辺の雑兵《ぞうひょう》だと経験値になんないし、ユーリちゃんのデータによると君達ってそれなりにやるんでしょ？　だったらさ、ちょうどいい塩梅《あんばい》になると思うんだよね」

「……なんの話？」

「かといって、これは私だけのメリットであって君達にあんまりメリットはないかー……

本気でやってもらわないと、こっちもこっちでやる意味ないし……」

頭を悩ませるユーリに対して、リーゼロッテとセシルはそれぞれ武器を構える。

本気でやらないと思われているのだろうか？　悪党を目の前に？　この悲劇の元凶が目の前にいるっていうのに？？？

「そうだっ、こうしよう！」

そんな二人の心境を他所《よそ》に、何かを思いついたユーリが高らかに声を発した。

「私を捕まえたら、『五分五分《フィフティーフィフティー》』の解毒《げどく》剤の生成方法を教えてしんぜよう！　それなら、君達も本気でやってくれるよね♪」

――まさか。

まさか、向こうからそのような話を提示してくるとは。

無論、こちらは本気でやるつもりであったし、捕まえて色々吐かせるつもりであった。

それでも、向こうが乗り気であるのならば……こちらも、乗らない手はない。

「セシル」

「うん、分かってる」

一歩、セシルが屋根の上をゆっくりと踏み出す。

「……私さ、本当に怒ってるんだから」

立派な騎士になるんだ。アルヴィンの横に並べるように、サラサという少女みたいな悲劇を理不尽に受けてしまった子が出ないように救うんだ。

そう、自分は決意した。

そんな自分の決意を……目の前の少女は踏み躙《にじ》っているんだ。

「許せるもんかッッッ！！！」

『五分五分《フィフティーフィフティー》』のせいでどれだけの人が苦しんだと思っているのか。

確かに、向けられた誘惑を摑《つか》んでしまったのは中毒者達だ。

それでも、明確な悪意を持って、自分の魔法士としての研究欲を満たすためだけに他人を陥《おとしい》れるクソ野郎がいる。

見過ごせるわけがない、見過ごすわけがない。

「絶対に、お姉ちゃんが泣いて謝らせてやるッ！」

「その意気です、セシル」

リーゼロッテとセシルの敵意を孕《はら》んだ視線が、間違いなくユーリへと向けられる。

向けられたユーリは一人、頰を上気させて恍惚《こうこつ》とした笑みを浮かべた。

「い、ひゃひゃっ……いいね、こういうの悪くないし。雑兵共でも『愚者の花束』の司祭クラスでも味わえなかった明確な正義《てきい》の視線がマジでヤバい。経験値《データ》がたんまり稼げそうな気がするぜー」

じゃあ、と。ユーリは七色の髪を靡《なび》かせながら両手を広げた。

「せっかく始めるんだ！　こういう時は、こういう言葉を言えばいいんだよね――」

そして、始まる。

「さぁさぁ、お客様お待ちかね！　正義と悪！　善良な一般市民の乱入あり！　魔法武器薬品なんでもござれの屋外サバイバルマッチ！　魔法の理論も分かってない口だけ正義の美少女ちゃん達は果たしてこのプリティな天才美少女ちゃんに勝てるんでしょぉーかァァアァァァァァァァァァァァァァァァァァァァァアッッ！！」

情状酌量の余地なし。完全な悪。

一帯に己の欲求を満たすためだけに悪意を振り撒《ま》く少女へ向けて、誰かを救いたいと願う少女二人が駆ける。

今ここに、物語の終結へ向けて一つの戦いが幕を開けた。

元凶と服用の魔法士

レイラが凡才だと自他共に思っていたのは、既存のものに囚《とら》われていたからかもしれない。

今にして思えば、騎士家系にもかかわらずシリカに魔法の才能があった時点で、どういう結果になるかぐらい予測して然《しか》るべきだっただろう。

既存の魔法という概念があったからこそ、レイラは才能を示せなかった。

その点、『五分五分《フィフティーフィフティー》』はいいきっかけだ。

ユーリが語った通り、レイラはタガが外れた。

外れたからこそ、既存という枠組みから他へ視点を移すことができ、無詠唱という段階を超えて魔法士が憧れる固有魔法《オリジナル》まで届いてしまった。

ただ、その性質はどの魔法士も首を傾《かし》げるような異質なもの。ある意味、アルヴィンと似ているのかもしれない。

とはいえ、異質さの度合いで言えばレイラの固有魔法《オリジナル》はタチが悪い。脳に送られる信号の複製。行動に移すまでのロジックの変換。これによって起こる現象は他の魔法とは違って目に見えるものではなくなる。

基本、魔法とは己の魔力を媒介として世に新しい事象を引き起こすものなのだが、レイラの魔法は既存の事象ですらないものを対象としていた。

実際にそんなことができるのか？　と聞かれれば「難しい」と魔法士であれば誰もがそう答えるだろう。

零から一を生み出すのが魔法の根幹だというのが世の共通認識であり、誰も事実ではないものを事象として扱う魔法を実行しようとは思わなかった。そもそも、実行できる方法が分からない。

しかし『五分五分《フィフティーフィフティー》』という麻薬が、その共通認識を完璧に覆《くつがえ》してしまった。

もちろん、共通認識が頭の中で固まっている人間に『五分五分《フィフティーフィフティー》』の理屈を理解できるわけもない。結果的に、特殊な麻薬として今まで解明されてこなかった。

だが、レイラは違う。『五分五分《フィフティーフィフティー》』という麻薬の理屈を理解してしまう。故に、共通認識を覆せるというところまでに至る——魔力は、既存のものに影響を与えられる、と。脳のリミッターを外しているのであれば魔力は脳に影響を与えられるのだ、と。

そこから着想を得て、最終的にレイラは『己の信号を他人の信号に置き換える』という固有魔法《オリジナル》を完成させてしまった。

ただ、脳は精密機械のようなもの。脳の構造そのものは置き換えることができないし、多くの信号をコピーしてしまえばキャパシティーを超えて操作対象を壊してしまう。

纏《まと》めると。レイラの固有魔法《オリジナル》は一つの信号しか置き換えることしかできない。「右手を上げろ！」と信号を出せば上げてもらえる。しかし、同時に足は動かすことができない。かといって「自分に奉仕しろ！」という信号にしてしまうと、奉仕する内容までは把握ができなくなる。

大目標を立ててあとは放任するか、小目標を刻んで制御しやすくするか。

塩梅が難しい固有魔法《オリジナル》であるのは間違いないだろう。少しでも置き換える信号の内容を間違えてしまえば、己の目標を阻害してしまうおそれがあるのだから。

故に、レイラは――

「ソフィア、こっちに来て！」

「は、はいっ！」

時計台の下。そこから一般市民が一斉に襲いかかる。

今までの流れとレイラの発言から鑑《かんが》みるに、「騎士団の人間を襲う」という命令をされているのだとアルヴィンは思った。

レイラを倒せば終わるのだと理解してはいるものの、レイラと戦っている間にソフィアが狙われでもしたら目も当てられない。

故に、この戦いはソフィアを守りながらのものとなる。そう、判断していた。

しかし、迫る一般市民が拳や武器を振り上げている相手は……何故《なぜ》か、アルヴィンのみ。

「ッ⁉」

アルヴィンは迫る一般市民の攻撃をしゃがんで躱《かわ》し、試しに手の届く範囲でソフィアと距離を取った。

すると、一般市民の視線は全てアルヴィンへと注がれる。

(ソフィアは攻撃対象になってない……ッ！)

ありがたいのはありがたい。守りながら戦うよりも自分一人の方が圧倒的に動きやすいのは言わずもがな。

しかし、何故？　どうして、レイラは僕にのみ対象を変更させた？

「ええ分かっているわよ分かっているわ不思議そうな顔をしないでちょうだいあなたに力を証明するなら遠慮はしないしソフィアを狙うような無粋な真似《まね》はしないわだって悠長に構えていると街の騎士が来ちゃうしそれだとあなたが本気でちゃんと私を見てくれないじ

やない！」

なるほど、と。アルヴィンは頰を引き攣《つ》らせながら真《ま》っ直《す》ぐにレイラへと向き直った。

――あくまで、目的は僕。

認められたくて、証明したくて、そう勘違いしていて。

引き上がった思考に正気を失っているレイラにとっては、ソフィアという存在は正にど、うでもいいのだろう。

だからこそ、そもそも眼中に入れない。人質にするなり足手纏《あしでまと》いとして執拗《しつよう》に狙うこともできたはずなのに。

（本当に僕にしか興味がないんだね……ッ！）

ふと、アルヴィンの頭上に影が射《さ》し込んだ。

何事かと見上げると、そこには巨大な柱が一直線に、

「クソッ！　そういえばレイラのお姉さんもエキストラで出演してるんだった！」

アルヴィンは一瞬で氷の大槌《おおづち》を生み出すと、頭上へ向けて振り抜いた。

少年の体でここまでのパワーがあるのかと、見ていたレイラは何故か頰を染める。きっ

と、もしも騎士団のスカウト連中が見ていれば、即座に声をかけてきただろう。

しかし、即座にやって来たのはレイラの固有魔法《オリジナル》によって動かされている傀儡達《ゾンビ》。降り注ぐ瓦礫《がれき》など考慮に値しないのか、体に当たっても一直線にアルヴィンへと群がる。

(怪我《けが》をしてもある程度はソフィアがいるから大丈夫だとしても、ヒヤヒヤさせられる！)

本当の本当に傀儡《ゾンビ》。レイラは簡単に信号をなどと言っていたが、恐怖心も躊躇《ちゅうちょ》も感じない相手がどれだけ脅威なことか。

アルヴィンの四方は一瞬にして囲まれ、埋め尽くすほどの武器が注がれた。

しかし、相手は『アルヴィンを倒す』という短絡的な信号しか与えられていない一般人。武才に特化したアルヴィンへ四方から攻撃したとしても、中々届かなかった。

だが――

「ばぁ～♡」

「ばッ⁉」

人を埋め尽くす中での隙間。そこを縫うようにして、レイラの蹴りがアルヴィンへと突き刺さる。

タガが外れ、全身の筋肉のリミッターを外したレイラの一撃は容易にアルヴィンの体を、一般人を巻き込んで吹き飛ばしていく。

「アルヴィンさんっ⁉」

どこかでソフィアの声が聞こえる。その瞬間、転がるアルヴィンへと土の槍《やり》が何本も降り注ぎ、辛《かろ》うじて手を使って身を捻《ひね》ることで回避していく。

とはいえ、この一瞬は正にロス。すぐさま同じように傀儡《ゾンビ》達が現れ、再びアルヴィンが対処に追われる。

「これぐらいの人数をけしかけたところであなたには通じないけどぉ～」

ドゴッ！！

またしても、傀儡《ゾンビ》達の隙間からレイラの蹴りが叩《たた》き込まれる。

「ギがッ⁉」

「目眩《めくら》ましには丁度いいんじゃないかしら～？」

傀儡《ゾンビ》達の数はざっと百人以上。それらが餌を求めるようにアルヴィンへ群がれば、当然アルヴィンの視界も意識も奪われる。

その隙間を縫って、アルヴィンの意識が向いてない死角へ潜り込めば、一対一では決して与えることのできない一撃を叩き込める。

「さぁらにぃ～！！？？？」

地面を転がる刹那、頭上から巨大な柱がまたしても落下してくる。

あまりにも広範囲。一緒に吹き飛ばされた傀儡達《ゾンビ》の頭上にも影が迫っており、アルヴィンは舌打ちしながらも生み出した大槌で破壊していく。

そして再び、傀儡達《ゾンビ》が群がって同じ構図が完成する。

(僕の視界と動きを封じてレイラが攻撃する。それで狙いを定めやすくなった途端にレイラのお姉さんの魔法、そんでもう一回振出しの構図)

あまりにも……あまりにも厄介な構図。

たとえば、ここでレイラに狙いを定めて駆け出しても、傀儡達《ゾンビ》という手出しができない肉の壁が阻《はば》み、もう一度同じ構図が完成してしまう。

かといって傀儡達《ゾンビ》から距離を取って魔法主軸で動こうとしても、シリカの魔法が襲い、対処している間に傀儡達《ゾンビ》がやって来る。

「あなたは強い」

傀儡達《ゾンビ》に囲まれている間に、頰へ重たい一撃が突き刺さる。

「それはもうかっこいい妬ましいぐらいに強いわ結局追随する人なんか出てこないついていけない隣に立とうとしても置いて行ってしまうでも彼女は頑張ろうとするあなたは目が移ってしまう私だってあなたのために頑張ってるのに相棒じゃない隣に立ちたいと思って

いるのに」

今度は脳天へ。

「でもね私だって強いのよ?」

足へ、腹部へ、肩へ、顔面へ。何度も同じ構図を繰り返していくうちに、今まで誰も届かなかった一撃が何度もアルヴィンへと叩き込まれる。

「逃げてもいいけど私の『傀儡の現場《ゾンビ・アラウンド》』の効果範囲は半径三キロよ私が移動し続ければ結局範囲は変わらないし状況も終わらない」

さぁ、と。傀儡《ゾンビ》達の中からレイラの姿が現れる。

そして、アルヴィンの腹部へと思い切り掌底を叩き込んだ。

「今日あなたに証明してあげる認めてもらうあなたの横に立てるのは私だってこと私には資格があるってことをッッッ!!!」

アルヴィンの体は吹き飛ばされ、己の生み出した氷の柱へと思い切り衝突する。

そこから追撃でもするかのようにシリカの生み出した土の塊が降り注ぎ、レイラの近くにいた傀儡《ゾンビ》達は一斉に餌を求めて走り出した。

(あーあ)

ふと、レイラは足を止める。

（そろそろ私の腕はダメかしらねぇ）

　ブランと垂れ下がった腕を見て、レイラは小さく笑った。

『五分五分《フィフティーフィフティー》』はあくまで才能を引き出すためのリミッターを外しているのであって、肉体を強くしているわけではない。

　本来持っているであろう力を百パーセント引き出すことによって、通常よりも大きな力を獲得しているだけ。

　故に、酷使すればするほど体の限界は近づく。分かりやすく言うと、今のレイラのように腕の筋肉が引き千切れたりするのだ。

「……その腕」

　一瞬にして、レイラの肌に擦《さす》ってしまいそうな寒気が訪れる。

　視線を戻すと、群がっていた傀儡《ゾンビ》達がいた一帯が綺麗《きれい》に氷の波に飲まれていた。

「もう限界なんでしょ？　戦ってて分かったよ……体を動かせば動かすほど、早く肉体が限界を迎える。だからなんとなく分かった。『五分五分《フィフティーフィフティー》』は才能っていう耳触りのいい言葉を使っちゃいるけど、それは肉体の限界を引き出しているに過ぎないんだって」

　ゆっくりと、氷の波の中から一人の少年が姿を現す。

「多分、このまま僕が耐えれば僕の勝ちだ。砂時計と一緒、ゆっくりと僕の勝利が近づいているだけ。砂が落ち切る頃には、レイラの体は壊れているよ」

そう、これは本来のスペックの話だ。

引き出せない天才のスペックが高すぎれば、引き出したとしても凡人のスペックは負ける。

アルヴィンは生粋の天才だ。それも、天才の中でもさらに異質なほど。

肉体の耐久力も、備え付けられている筋力も、戦闘センスも、何もかもそこいらの人間を優に超えており、レイラなどそもそも手が届かない。

「それに、そもそもレイラの魔力が先になくなっちゃうでしょ」

「…………」

「魔法は一度きり。世に事象を与えればそれでお終《しま》い。バケツの中から必要な水を取り出して飲むのが世間の魔法なんだ。けど、レイラの固有魔法《オリジナル》は穴の空いたバケツから水を飲んでいるようなもの」

地面から土の槍が生えるが、アルヴィンは踏みつけることで砕いていく。

「脳の信号を置き換えるって言っても、脳の信号はいっぱいある。一度設定したからって言って、すぐに違う信号が送られるだけ。置き換えたものはすぐに流れていく。だからこそ『命令』という形で成立させるには置き換え続けなきゃいけない」

「……だから？」

「ただの騎士だった人間は大した魔力量なんか持ってないでしょ」

そう、レイラの固有魔法《オリジナル》が既存の固有魔法《オリジナル》と最も違うところ。

それは、一度きりの魔法に反するような持続型であること。魔力を供給し続けなければ成立しない、共通認識の破壊の代償である。

ただ、そのおかげで使い方次第では戦況を一変するような効力があるのだが、扱う人間はただの凡人。

故に、そもそもの天才と肩を並べたところで先にギブアップするのは凡人の方なのだ。

でも、それでも――

「だから？」

「…………」

「その問答になんの意味があるの？」

レイラはゆっくりと前に一歩を踏み出す。

「魔力がなくなっても体があるじゃない腕がダメなら足があるし足がダメなら胴体があるし胴体がダメなら頭があるしそもそもまだ私の魔力は尽きてない傀儡《ゾンビ》なら他にもいっぱいここへ呼んでる」

その瞬間、レイラの瞳から涙とはほど遠い赤色の液体が流れだした。

「あなたの隣に立とうとするのに今更躊躇なんかしないわよ覚悟がそんなに弱いわけでもないしナメてるの私の気持ちをナメてるのだって私は今までずっとあなたと出会った時からずっとこの気持ちは変わらなかった変わるはずがなかったんだもの」

腕はだらんとぶら下がり、瞳からは血を流している。

優勢だったはずにもかかわらず、満身創痍《まんしんそうい》と呼べるのはアルヴィンではなくレイラの方だった。

痛々しい。少し視線をズラせば、ソフィアが涙を流しながら両手で口を覆っていた。

けれど、そんな姿を見てアルヴィンは――

「……うん、そう言うと思ったよ」

フッ、と。口元を緩めるのであった。

「勝ったつもり？」

「勝つよ」

それは限界を迎えるのがレイラだと分かっているからか？　この惨事を目《ま》の当たりにしても自分なら乗り越えられていると分かっているからか？

いや、そうじゃなく。

アルヴィンは堂々と、確信めいた瞳でレイラへと言い放った。

「特別な人を守るための戦いで、僕が負けるはずがないから」

そして、続けて。

アルヴィンの唇は動いた。

「劇場開幕《アル・セシリア》」

駆ける、レイラは腰に携えた剣を抜いて。

呼応するかのように、シリカもまた鋭い土の槍をアルヴィンへ向けて放出する。

しかし、それよりも先に。アルヴィンの口が言葉を紡《つむ》いだ。

「固有魔法《オリジナル》――『硝子《ガラス》の我城』」

アルヴィン最大の大物手。

レイラとは違った意味での異質な魔法。

言葉が紡がれた瞬間、異端児の猛威がレイラへと牙を剝《む》く。

◆◆◆

魔法士との戦いは如何《いか》に相手の懐《ふところ》へ潜り込むか。

アルヴィンやリーゼロッテのような特殊な戦闘スタイルを持っていない限り、この定石は崩れない。

故に、セシルとリーゼロッテは剣を構えて両側面から距離を詰めていった。

挟み撃ち。二対一。その恩恵を全力でもらいに行く。

しかし、ユーリは口角を吊《つ》り上げると浮いていた球体の一つを摑《つか》んで己の胸へと当てていく。

「魔法士との戦いは懐に潜り込みましょうって？　ふっふふ～ん♪」

その球体は押し返すどころかユーリの胸の中へと滲《し》み込んでいき、何かが爆《は》ぜるようなみずみずしい音が耳に届いた。

「貯蔵庫開示――『武神』イルモナーラ、抜粋」

その直後、容赦のない飛び膝蹴りがセシルの脇腹へと刺さった。

「ばッ⁉」

「甘いよ、デザート級に甘いよ！　魔法士だったら近接戦の対処ぐらいしないと二流だぜ☆」

セシルの体が屋根の上を転がり、やがて足場を失って落ちていく。

何が？　と、悠長に不思議がっている暇はない。リーゼロッテが背後から剣を振り抜く。

ユーリは口元を緩めて身を屈《かが》めると、今度は地面から火の柱が出現して距離を取った。

「あらら……これが噂《うわさ》に聞く二段スタイル。流石《さすが》はアカデミーの中で騎士団長を張る女の子だね」

「そういうあなたこそ、まさか魔法士であるにもかかわらずそのような動きができるとは」

魔法士は遠距離戦が前提であるが故に、近距離で行う戦闘スタイルを磨こうとしない。

筋力を上げるよりも、より多くの魔法を撃てるように魔力量を上げる。

故に、近距離戦に持ち込んでしまえば勝てるという方程式が自《おの》ずと成立するのだが

――

「いや～、私自身はそんなに強いわけじゃないんだけどね」

ふわふわと、宙に球体を浮かばせながらユーリは飄々《ひょうひょう》とした態度を見せる。

「魔力ってさ、皆が漠然と『在る』って感じているけど、具体的な解明はされてないんだ

よね。血液に含まれているのか？　そもそもどんな形をしているのか？　なんで世の事象に影響を与えるのか」

「…………」

「それぞれの人に色んな魔力がある。得意な魔法があれば苦手な魔法があるのがいい証拠。けど、その詳細も魔力に乗った色も分からない。だから、私は魔力を『液体』だと思って定義づけた」

ユーリが地面を駆ける。リーゼロッテの二本の剣が迎撃に入るが、魔法士とは思えないほどの手捌《てさば》きで華麗にいなされていく。

「定義づけてしまえば、あとは取り出すことを考えた。ほら、今浮かんでる球体あるでしょ？　これさ、全部魔力なんだぜ？」

「そして、『五分五分《フィフティーフィフティー》』の原材料ですか」

「その通りっ！」

ユーリの右足がリーゼロッテの懐へ突き刺さるものの、辛《かろ》うじて剣でのガードに成功する。

その瞬間、頭上から薄《う》っすらと影が差し込み、ユーリは後方に下がって振り下ろされたセシルの剣を避《よ》けた。

「魔力は溶ける、染まる。私の魔法はそれを意図的に引き起こす。自分の魔力を他人の魔力に染めたり、相手の魔力を自分の魔力に染めたり」

あくまでも余裕。ユーリはもう一つの球体を掴んで弄《いじ》り始める。

「魔力は面白いよ～？　比率を弄れば相手を己の魔力で変化させられるし、自分の魔力を薄めれば相手に『成る』こともできる。魔力っていうのは液体みたいで情報《データ》の塊なんだよね、突き詰めればこうして顔だって変えられる」

そして、と。もう一度二人へユーリが肉薄した。

「そんでぇぇぇぇぇぇぇぇぇぇっ！　私は他人の魔力を己に取り込むことでぇ、その人に『成る』ことができまぁぁぁぁぁぁぁぁぁぁぁぁぁぁぁぁすっ！！！」

真っ先に向かった先はリーゼロッテ。重たい一撃が剣のガード越しに伝わり、何故《なぜ》か剣から火花が散り始める。

苦悶《くもん》の表情を浮かべるリーゼロッテだが、一方でユーリの顔は嬉々《きき》としていた。

「さてさて、問題ですっ！　戦争を一人で終わらせたとされるかの有名な『武神』の魔力を己に溶け込ませました。すると、私はどうなってしまうでしょぉぉぉぉぉぉぉか⁉」

「チッ！」

「せいっかいは〜？　魔法士ではあり得ない、近接戦の圧倒的な強さを手に入れたでした♪」

二刀目が振り抜かれるものの、ユーリは蹴り上げることで迎撃する。

二刀に対して素手。リーチの差は剣の方が圧倒的に有利なはずなのに、三度繰り出された攻防の末に食らったのはリーゼロッテであった。

「〜〜〜ッ⁉」

「小物小物♪」

屋根の上を何度もバウンドする。セシルみたいに屋根から落ちなかったものの、摩擦によって擦り切れた衣服から白い柔肌が露出する。

「っていうかさー、さっきから一般人来なくね？　乱入者っていうハプニングを期待してたのに、これじゃただの弱い者いじめになっちゃうんですけどー」

確かに、先程まで迫ってきていた傀儡《ゾンビ》達の姿は見受けられない。異様な静けさだけが広がり、ただただ屋根の上の少女達の肌が風に触れる。

そうなっているのは、レイラが『アルヴィンを倒せ』と信号を変えた結果なのだが……

そもそも、この状況が誰の手によって生み出されたのか知らない三人は知る由《よし》もない。

「だぁーれが、弱い者だって⁉」

巨大な大剣がいきなりユーリの頭上へと振るわれた。

「え、君達だけど？」

「ッ⁉」

ズンッッッ！！　と、せっかく戻ってきたシリカの腹部へ拳が突き刺さる。

「大きな剣を振り回すのは凄《すご》いし、当たれば凄いんだけどさー」

振り下ろした大剣は寸前で躱《かわ》され、今度は顎に一撃が入った。

視界が少しだけ揺らいだ。この一瞬の隙に更にもう一度、頬へ容赦のない拳が叩《たた》き込まれる。

「『武神』がモーションの大きい相手に後れを取るわけないじゃん！　っていうか、かの英雄様をナメてるわけ？」

当たらない。何度も振るっても、返ってくるのは重たい打撃だけ。

もちろん、魔法士にこんな動きができるなど思っていない。だからこそ、今のユーリは何かしらの魔法を使っているのだと疑っていない。

しかし、思うところは別にある。

「『武神』は、とうの昔に死んだはず……ッ！」

「禁術があるじゃん。魂魄憑依《デストアナウンサー》っていう禁術で呼びたい死者の魂を降ろす、そして降ろした相手の魔力を貯蔵庫《バンク》に残す。たったこれだけだよ、蓋を開けてみればさァ！」

メリメリィッ、と。セシルの腹部に回し蹴りが突き刺さる。

もしも、ちゃんと鍛えていなければ、今の一撃だけで肋《あばら》も内臓も全てやられていたところだろう。

セシルは咳《せ》き込みながら地面へと膝をつき、そのままユーリを見据える。

「ケホッ……じゃあ、それも禁術？」

「ちっちっちー、ちょっと禁術を齧《かじ》った程度で知ったかぶんなって凡人ちゃん♪　私の魔法は圧倒的に禁術よりかは劣るよ」

続けてセシルの顎を蹴り上げ、ユーリは言う。

「君が戦ったであろうサラサが使っていた重光《じゅうこう》は、エネルギーの放出。体内の魔力を圧縮して撃ち出す禁術だ。方式的には、自身の体を筒とみなしているんだけど……圧縮しすぎたエネルギーは筒にも影響を与える。それが体内からの崩壊って代償だよね」

強大なエネルギーを撃ち出すのはいい。しかし、撃ち出す際に用いられる部品になんの影響もないかと言われれば「ノー」だ。水車を流れの激しい滝の下に置くと歯車や金具が壊れてしまうように、筒とみなした人体は強大なエネルギーに耐えられない。

「禁術っていうのはさ、知っての通り何かしらの代償が必要になるわけよ。その分、得られるものは大きいんだけど……ぶっちゃけ、敵を倒すのにそこまで要らなくない？　手前までででも、充分だとは思うんだよね」

もう一度、ユーリはセシルの顔を蹴飛ばし、セシルの体だけが屋根の上でバウンドする。

「言うなれば、止まる気もなく最大速度でチキンレースしてるようなもの。そりゃ、トップスピードを出し続ければ壁にぶつかってドカン、だよね？　逆に私の魔法は、程よくスピードを出して壁にぶつかる前に止まっているんだ」

これはユーリが魔力を液体と設定し、出し入れを可能にしているからこそできる芸当だ。

魔力は誰の中にもあって、害ではない。もちろん、『五分《フィフティー》五分《フィフティー》』で負けた時のように、体に他人の魔力が順応しないこともある。

しかし、ユーリ自身が魔力を扱うエキスパート。順応など、己の魔力の比率を調整すれば容易にこなせてしまう。

「人の情報が詰まっているのは脳。その次が魔力……脳を移植するなんてそれこそ禁術クラスだけど、その手前の魔力なら話は別。外側から情報を被《かぶ》せちゃえば、何にでも『成れる』魔力は自動でその人に『成って』しまう」

ユーリは真《ま》っ直《す》ぐセシルへと向かう。

「君達が相手にしているのは常識ではない魔法で、一度も戦ったことのない英雄。だけど、禁術クラスの相手をしているわけじゃないんだぜ？　なのに善戦もできないってどーいうことよ？」

禁術クラスを相手にしているわけではない……などと簡単に口にしているが、実のところ今のユーリは禁術以上にタチが悪い。

何せ、禁術には必ず代償が伴っており、使用する度に使用者は必ず追い込まれていく。

しかし、代償もなく手前で止まっているユーリの魔法は追い込まれるという概念がない。

禁術ほど強力ではないとはいえ、昔の英雄を出されてしまえばただの学生に太刀打ちができるわけもないのだ。

「………………」

セシルはゆっくりと体を起こす。

「この魔法の情報量を増やすためのいい塩梅《あんばい》だと思ったんだけどね……こりゃ、経験値もそんなにかな？」

しかし、その時——

「なるほど、であれば私達にも、勝機が、あり、ますね」

リーゼロッテの一振りが、背後から現れた。

もちろん、『武神』の情報をインプットしたユーリが気づかないわけもなく、難なく回避される。

だが、ユーリの顔は少し怪訝《けげん》そうであった。

「どこに落ちてるわけ？　その勝機っていう落とし物は？」

背後から現れたリーゼロッテは二刀の剣を構えながら口にする。

「さぁ？　意外と背後かもしれませんよ？」

何が、と。ユーリは背後を振り向いた。

すると、そこには円を描きながら巨大な剣が迫り、

「んなっ⁉」

ユーリは慌てて身を屈《かが》めて大剣を避ける。

「投げる⁉　普通⁉　めちゃくちゃすんなしッ！」

セシルの唯一の武器。それを手放すなど、普通はあり得ない。

でも、目の前の少女はただの一回のやり取りのためだけに騎士に必須の武器を遠投の要領でぶん投げてきた。

そして——

「ずっとぉぉぉぉぉぉぉぉぉぉん！！！」

「ッ!?」

ユーリが身を屈めたところに、セシルの飛び膝蹴りが直撃する。

慌てて両手でガードしたものの、思い切り後方へと華奢《きゃしゃ》なユーリの体は吹き飛ばされた。

「確かに、技術や威力というのは『武神』の名を冠する英雄かもしれません」

吹き飛ばされたその先、リーゼロッテが剣を構えて振り抜く。

その剣は、何故か真っ赤に染まっていた。

「ですが、成ったと大仰に言っているだけで『武神』そのものに成ったわけではなく、『武神』の情報を扱っているだけにすぎないのでしょう？」

ユーリは地面に手をつくことによって振り抜かれた剣を衣服に引っ掛けるだけで済ます。

だが、引っ掛けるだけにしてはそのあとの結果が悲惨なもので――

「な、にこれ……？　体が燃えぇぇぇぇぇぇぇぇぇぇぇぇぇぇぁぁぁぁぁあああああああああああああッッ！！？？？」

「であれば、私達は『武神』というカードを使っているユーリ自身と戦えばいい」

ある意味、超凄い武器を持たれているようなものだ。

一振りで相手を蹴散らすその武器の扱い方もなんとなく本を見て学んだ。武器の扱い方ぐらいなら完璧に再現できるだろう。

けれども、最終的に扱うのはユーリ自身。どのタイミングでどんな振り方をして、どんな攻撃をするのか決めるのは武器を持っている少女に委ねられる。

元々の持ち主がこの状況でどう振るうのかは分からない。

あくまで、ある程度情報によって「こうだろうなー」と状況に合わせた戦闘ができるだけ。

戦闘は無数。いくらでも手が変わり、次の手が生み出される。

今戦っているのは、そんな超凄い武器を手にして戦い方を知っているだけのユーリに他ならないのだ。

「初めは『武神』頼りの戦闘でもいいでしょう。しかし、数分後には？　数十分後には？　徐々に知っている情報だけでは対処ができず、必然的にあなたが『武神』を使って戦うということになります」

「お、ぁぁぁぁぁあああああああァァァァァァァァァッッ！！！」

「であれば、たかが魔法士のあなたに近接戦闘で私達が負けることなどありません」

ユーリは慌てて頭から生み出した水の塊で火を消す。

だが、その瞬間にセシルの蹴りが脇腹へと突き刺さり、吹き飛ばされた先でまたしてもリーゼロッテの刃が肉を抉《えぐ》りながら火を起こした。

「つまりは時間の問題！」

「はい、もちろん二対一の状態で」

リーゼロッテとセシルが同時に屋根の上を駆けた。

しばらくは『武神』との戦闘が続くだろう。

だが、そのしばらくをやりすごせば、自《おの》ずとユーリの色が浮かび上がってくる。

きっと、本当に『武神』が相手であればリーゼロッテ達は為《な》す術《すべ》なくやられていたに違いない。

あくまで相手はユーリ。

禁術へ届かせなかったからこその半端《はんぱ》。

そこの半端こそが、常識の範囲外にいる人間に勝つための活路。

だからこそ、リーゼロッテとセシルは足を止めない。

攻撃して耐えて攻撃して。そうした果てにあるユーリという顔を引き出すために。

しかし――

「貯蔵、庫……開示――――『来訪者』センシア、抜粋」

ドガガガガガガガガギギギギギギギギギッッッ！！！！

戦場に猛威《なにか》が降り注いだ。

◆◆◆

レイラの眼前には、透明な氷でできた硝子《ガラス》が幾枚も広がっていた。

四方に映るのは瞳の色を変えた己の姿。少しだけ射《さ》し込んでくる光が反射し、空間一帯を幻想的なものへと変えている。

「これは？」

先程まで時計台の下にいたというのに、今立っているこの場はどこなのだろうか？　そんな疑問がレイラの加速した思考の中に広がる。

しかし、その疑問もすぐさま消え去った。

「ここはどこ、がッ⁉」

脇腹に重たい一撃。かと思えば、次は頬へ鈍い音が。

そして、眼前の氷には先程まで自分が映っていたはずなのに今は愛しい少年が何人も姿を現していた。

(分かったわこれが彼の固有魔法《オリジナル》!)

いつぞや、アルヴィンはレイラに「自分の固有魔法《オリジナル》は少し特殊だ」と口にしていた。

魔法士であれば遠距離からの攻撃に特化しており、必然的に個の才能を極めた固有魔法《オリジナル》はそちらに寄りやすい。

自分の固有魔法《オリジナル》が特殊だという自覚はもちろん持っている。

しかし、これは——

「相手を逃がさず中にいる人間を直接攻撃するためのッ⁉」

ドガガガガガガガガガガガガガガガガガガッッッ!!!と。現れた何人ものアルヴィンによってレイラは数えきれないほどの殴打《おうだ》を浴びせられる。

痛い、痛い痛い痛い。一人のアルヴィンへ剣を横薙《な》ぎに振るうと、何故《なぜ》か体が砕け散って真横の硝子から新しい姿が現れた。

再び訪れる殴打の雨。剣を振るう隙もなく、ただただレイラのギブアップを誘いだしていた。

それでも、レイラは思う。

（これでこそアルヴィンだわ）

逃げる隙がない。かといって、中のアルヴィンを全員倒して終了……というわけにもいかない。

遠距離で攻撃してくるのとは違って、あくまで自分の土俵で自分が確実に相手を追い込んでいる。

これが、公爵家の面汚《つらよご》し。全ての才能を携えた異端児。自分が横に並び立ちたい最愛者。

不思議と不快さはなかった。

追い詰められているのだと体のダメージで分かるものの、彼の素晴らしさを身を以て味わっているようで心地よかった。

しかし、このままでは終われない。

「わたっ私はまだまだあなたに証明ができていない！」

だからこそ、レイラは聞こえるはずもないであろう誰かに向かって意味もない叫びを上げた。

「こんな外郭壊せよ姉さぁぁぁぁぁぁぁぁぁぁぁぁぁぁぁん！！」

（あぁ）

その瞬間、周囲に張り巡らされた神秘的な空間はひび割れ、砕かれる。

レイラが行ったのは、信号の書き換え。範囲内にいるシリカへ『この固有魔法《オリジナル》を壊せ』というもの。

その結果生じたのは、単純にシリカの固有魔法《オリジナル》の行使である。

あくまで、アルヴィンの固有魔法《オリジナル》は敵を己の城に閉じ込めて無数の自分の人形を生み出し攻撃するというもの。故に、かつてサラサが行った重光《じゅうこう》のように、破壊自体は可能なものだ。

シリカの固有魔法《オリジナル》は、指定した範囲にいる人間を細断する。そのため、範囲を外郭に指定すれば壊れるまで無数の刃が襲い掛かる。

「けほっ、げほっ！　あぁ流石《さすが》ねアルヴィン……」

砕かれた硝子が辺りを舞う中、レイラは硝子で造られた城の中から足を引き摺《ず》って姿を現した。

「ふふっふふふっでもこれで私は生き残った勝機があるあのアルヴィンにだってもう一回振出しでしょこの間にもまだまだ街の人達は押し寄せてくるし姉さんがいれば更に彼を追い込むことも――」

そう言いかけた時、ふと背後から足音が聞こえた。

「姉さんがいれば、なんだって？」

レイラは思わず背後を振り返る。

何故か天井を覆うほどの巨大な氷のドームがいつの間にか出現しており、声の主の手にはぐったりと気を失っているシリカが引き摺られるようにして握られていた。

「は？」

「僕の固有魔法《オリジナル》は外郭の形成、それと人形による戦闘。実際に僕は中に入っていないし、発動した瞬間から外郭の外に立っている」

気がつけば。本当に気がつけば。

どうしてか、もうすでに何かの戦闘は終わってしまっていた。

「……凄《すご》いね、レイラ。最後の最後、まさか僕との戦闘を放り出してまでレイラのお姉さんはレイラを守ろうとしてくれてたよ」

街の人達は……やって来ない。自分達を覆うような巨大な氷のドームが、進路を塞いで完全に閉じ込めている。これでは外部からの侵入は不可能だ。

一方で、唯一最強の傀儡《ゾンビ》であるシリカはレイラが固有魔法《オリジナル》に嵌《は》まっている間に倒されてしまった。それほど時間は経《た》っていなかったはずなのに。経っていないはずの時間であっさりと、この少年は魔法の天才と呼ばれる姉を倒してしまった。

「……レイラ」

嫌だ、聞きたくない。

まだ、自分は何もしていないのに何も証明できていないのに何も彼に認めてもらえていないのに――

「終わりだよ、本当にこれで」

一歩、レイラは後ろに下がる。

この場には、もうレイラしかいない。しかも、先程の固有魔法《オリジナル》によって更に満身創痍《そうい》になってしまった自分しか残っていない。

それなのに、果たしてアルヴィンに勝てるのか？　そんなの、もう言われなくても分かっている。

「い、や……」

「ううん」

「嫌だ嫌だ嫌だ嫌だッッッ！　だって私はあなたに認めてもらえてない隣に立ててもいない彼女を殺してもいないしあなたは私を特別にしてくれないッッッ！！」

まるで子供の駄々を見ているかのように、レイラは首を何度も横に振って後ろへ下がる。

けれど、アルヴィンはそれでも前へ踏み込む。

「なんで私には資格がなかったってことそもそも私は隣に立てなかったのいつまでも相棒じゃないとダメなの？」

「…………」

「ねぇなんとか言ってよお願いだから否定してよ肯定してよだって私は――」

アルヴィンを見据えるレイラの瞳から、赤黒い涙が流れる。

「あなたのこと、大好きなのに……」

あの時からずっと。自分を助けてくれた、優しい彼のことを。

自堕落で、すぐサボって、ちょっぴりえっちで、膝枕が好きで、困っている人を見捨てられなくて。

いつか、姉のセシルに向けている瞳を自分に向けられたら……そう思って、彼に寄り添ってきた。

けれども、摑《つか》めないのか？　自分は？　所詮は赤の他人で、彼の物語の中で脇役でしかないのだろうか？

「……今から口にする言葉は、僕の偽りのない言葉だ。不誠実って言われるかもしれない、どの口がって……もしかしたら怒られるかもしれない。それでも、僕は言う」

縋《すが》るようなレイラの瞳が、アルヴィンへと真《ま》っ直《す》ぐに注がれる。

どうしようもなく悲しく、無力さが伝わり、胸が締め付けられるような視線。

それでも、アルヴィンは真っ直ぐに見つめ返しながらしっかりと――

「レイラは、僕の中で今も昔も特別な人だよ」

レイラは頰に伝った涙を拭った。

なんだよ、なんでもっと早く言ってくれなかったんだ、と。

拭っても拭っても涙が零《こぼ》れ、視界が薄く赤色に染まっていく。

レイラは口元を緩めた。おぼつかない足で、今度は前へと歩いた。

そして、ゆっくりとアルヴィンの前に立つ。

「……馬鹿」

「……そうだね、僕は馬鹿だと思う」

もう、レイラは色んな意味で限界だったのだろう。

アルヴィンの前に立ち、振り絞った笑みを浮かべた瞬間、まるで力が抜けたかのように膝から崩れ落ちた。

華奢《きゃしゃ》で、細く、いつも文句を言わずに自分を助けてくれた女の子。

アルヴィンは優しく抱き留めて、ゆっくりと地面へと横たわらせた。

その瞬間、溶けた氷の壁の奥からソフィアが駆け足でやって来る。

「アルヴィンさんっ！」

ソフィアは真っ直ぐにアルヴィンがいる場所へ向かうと、すぐさま手に魔力を集中させた。何かあったのか聞くこともなく、ただただレイラを真っ先に治していく。

「あとはお願い、ソフィア」

「どこへ、行かれるんですか……？」

ソフィアの言葉にアルヴィンは何も返さず、そのまま背中を向けて歩き出す。

「……クソが」

まだ、終わってない。

これで一般市民が襲い掛かってくることもないだろう。

しかし、まだ終わっていない。

レイラをこんな風にした元凶が、今もなお残っている。

「特別な人を傷つけたこの落とし前はつけさせてやる」

だからこそ、アルヴィンはゆっくりと時計台から離れた。

この一件を終わらせるために。

◆◆◆

「そもそもの話、私の魔法は一度きりでもなければ一つだけってわけじゃないんだよね」

薄《うっす》ら寒く感じる風が七色の髪を靡《なび》かせ、少女の声だけが静けさの中で広がる。

「確かに、私は魔力にある情報をインプットして戦っている。『武神』が君ら二人と戦ったことがないのは当たり前だし、私は情報の中から該当する行動を逐一選んで取っているだけ。そりゃ、君の言う通りいつかは私の色が滲《にじ》んでくる……何せ、武器を手にしてるのは私だからね」

誰に向かって語っているのか？　もしも、現在の光景を傍《はた》から見ている人間がいれば首を傾《かし》げるだろう。

何せ、今この場――屋根の上で立っている者は、ユーリ以外にはいないのだから。

「けど、探究者である私がそこを考慮しないと思ったの？　事件の真相を解明しようって探偵ごっこをするのはいいけどさ、それで結果足元を掬《すく》われちゃ意味ないし」

ユーリはゆっくりと視線を右下に移す。

銀の髪を携えた少女はうつ伏せになったまま、反応する気配はない。擦り切れた服から覗《のぞ》く痣《あざ》と、色を失った瞳がなんとも痛々しかった。胸が微《かす》かに上下しているのが、まだ救いだろう。

ただ、痛々しさの度合いで言えば、ユーリもまた同じく酷《ひど》いものであった。

全身に火傷《やけど》の痕があり、服も色んな部分が焦げ落ちている。

しかし――

「貯蔵庫開示――『聖女』ヴァイオレット・カーボン、抜粋」

宙に浮いている球体の一つを摘《つま》み、胸に押し当てる。

すると、痛々しかった火傷の痕はみるみるうちに消えてきめ細かな白い柔肌が現れた。

「私がなんのために『成る』って口にしたと思ってるのかな？　そりゃ、いつかは私の色が滲むとはいっても序盤は染めた人間が大元でしょーに。だったら、序盤をキープして魔力を入れ替え続ければ私は『成った』まま生きることができる」

あくまで武器を使っているのはユーリだ。リーゼロッテの読み通り、いつかはユーリのクセといった個人の色が滲《にじ》み始める。

しかし、その色を掴ませないよう何人もの魔力を当て嵌《あ》め続けたら？　いつかは……なんてことはなく、決してユーリの色は覗かない。ただただ、現代の常識から外れた天才達が容赦なく牙を剝《む》くだけ。

「だから、さぁー」

自分の体を治したユーリがまたしても視線を横へ移す。

「これ以上どう戦うっていうんだってーの……お姉ちゃん？」

フラフラと、拾った大剣を担《かつ》いで起き上がるセシル。

どうやらリーゼロッテは沈んでしまったものの、嵐のように訪れた猛威を耐え抜いたようだ。

ただ、覚束《おぼつか》ない足取りが決して無傷だったわけではないと、悲しいことに語ってしまっている。

「……負けられないもん」

「なんで？」

「あなたのような悪党を倒すために、これ以上不幸に見舞われる誰かが現れないように……私は騎士を目指してるんだからッッッ！！」

吠《ほ》える。満身創痍の少女が、震える足を踏ん張って。

ただただ、無自覚に悪意を振り撒《ま》く人間を止めるためにもう一度剣を握る。

「……評価を改めてあげるね、凡人ちゃん」

ユーリはセシルに向き直り、獰猛《どうもう》に口角を吊《つ》り上げた。

「その顔、ちょー最高っ！　いい塩梅《あんばい》じゃなくてクソほどつまんない経験値として認定してあげるよっ！！！」

セシルは重たい足を奮い立たせながら屋根の上を駆ける。

ユーリの色が滲むなどはもうどうでもいい。アルヴィンの隣に立てるような女の子でいるために、セシルは真っ向から突貫していく。

「貯蔵庫開示――『来訪者』センシア、抜粋」

来る、もう一度。リーゼロッテを一瞬に沈めた人間《データ》の魔法が。

セシルは大剣を頭上に掲げ、すぐさま走るスピードを急に落とした。

その瞬間、まるで巨大な赤子が地団駄を踏んだかのような重量が上から何度も叩《たた》き込まれる。

「『来訪者』はかつて、世界のあらゆるところを訪れたそう」

重く、重く、なお重く。一度だけではないただの目に見えない重量だけが、小刻みに降り注ぐ。

「決して拒むことはできず、道を阻《はば》んだ者は総じて彼女の足に潰れていった」

雨が止《や》んだのか、抜けてしまった屋根から土煙が舞い上がる。

そこには、セシルの姿などどこにも――

「……案外、タフだねお姉ちゃん」

ガガガガガッッッ！！！　と、ユーリの足元から巨大な剣が煉瓦《れんが》を砕きながら振り抜かれる。

ユーリは瞬時に後退して下から現れた大剣を避けると、もう一度足を踏み出した。

たったこれだけのモーション……それだけで、大剣で抉《えぐ》り取った場所の屋根へもう一度文字通りの重量が降り注ぐ。

「〜〜〜ッッッ！！！」

セシルは再び建物の中で大剣を掲げて重量に耐える。

リーゼロッテがやられてしまったのは、この一撃だ。重く、防ぎようのない重量雨が容易に意識を刈り取りに来る。セシルが耐えられたのは、ガードできるような巨大な剣と元々備わっていた頑丈さのおかげだろう。

「うーん……やっぱり、『来訪者』はレパートリーが少なくて得られる経験値《データ》が薄いなぁ」

ユーリは耐えるセシルを見下ろしながら、浮いている球体を摑んだ。

「貯蔵庫開示――『純真無垢《むく》』マリー、抜粋」

重量の雨は終わった。降ってきた瓦礫《がれき》のせいで頭から血が流れている。

それでも関係ない。セシルは跳躍して大剣をユーリ目掛けて容赦なく振るう。

しかし、ユーリはただただ笑っているだけ。避けようともせず、ゆっくりと口を開いた。

「マリーは綺麗な体でいたい」

ガゴンッ、と。振るった大剣が硬い壁にでも当たったかのように弾《はじ》かれる。

次はなんだ？　セシルは拳を振り上げるユーリを見て疑問を抱きながらも咄嗟《とっさ》に大剣でガードを図る。

「マリーは怒っているからこの拳で殴りたい」

だが、何故《なぜ》かユーリの拳が大剣をすり抜け、綺麗にセシルの顔へと直撃した。

「ばッ⁉」

無防備な状態だったからか、ユーリの拳はまともに突き刺さり、一気にセシルの体が後方へと転がっていく。

どうして大剣でガードしたのにもかかわらず、拳は叩き込まれたのか？　そもそも、拳はどうして大剣に触れなかったのか？　疑問は山ほどある。だが、それよりも蓄積した体のダメージに対する苦悶《くもん》が先に訪れてしまった。

「こんなもんだぜ」

ユーリは拳を擦《さす》りながら、転がるセシルを見る。

「序盤とはいえ、魔力《データ》を元に『成って』いる状態だったら、そもそも相手にならない。剣ばっか振ってる脳筋さんには、今の攻撃の理屈すら理解できないでしょ？　その時点で、活路や勝機なんてドブの中を漁《あさ》っても出てきやしないよ」

ある程度の理屈が分かれば対処はできるだろう。ある程度の慣れがあれば順応できるだろう。

しかし、騎士であるセシルにとっては魔法の理屈や理論はアカデミーで学んだこと以外は知らない。慣れようと思っても、ユーリの色が滲んでくるのを待とうとしても、ユーリはすぐ違う魔力で別の人間を構成する。

もちろん、ユーリの貯蔵だって限りはあるはずだ。いつかはストックが切れて全てに順応できるかもしれない。でも、それはいつだ？　こんな満身創痍《まんしんそうい》の状態で、いつか分からない弾切れまで耐えられるのか？

「いい加減諦めろよ、無能者。まぁ、諦められないなら私が諦めさせてあげるし。それかセシルも『五分五分《フィフティーフィフティー》』服用してみる？　もしかしたら、可愛《かわい》くて天才ちゃんな私にも届くかもしれないぜ♪」

この段階で、セシルの勝機も勝ち筋もほとんどないだろう。

数の利で戦おうにもリーゼロッテは退場してしまっているし、己も立ち上がることだけで精一杯な体になってしまっている。

これから剣を握ったところで目の前にいる悪党は倒せるか？　客観的に見ても、ほぼ絶望的と言わざるを得ない。

それでも。

それでも、セシルは顔に笑みを浮かべてしまう。

「ふ、ふふっ……」

「ん、どうしたの？　殴りすぎちゃって頭が沸いた……なんてことはないよね？」

「ううん、全然。そんなことはないよ」

ただ、悔しいな。

お姉ちゃんとしていい姿を見せたかったな、と。それだけを思う。

「……私はここでギブアップかもしれない」

「どう見てもギブアップでしょ。まさか、こっからシリカ・カーマインでも呼ぶつもり？

あれは正直同じ枠組みとしてもそこまで魅力は感じないんだよねぇ」

「だけど、私の大好きな弟がいる」

セシルの言い放った言葉に、ユーリは素っ頓狂な顔を見せる。

「はい？　弟って、あの公爵家の面汚《つらよご》しでしょ？　ユーリの魔力漁《データ》ってるけど、それこそ『馬鹿じゃない？』って鼻で笑いたくなるんだけど。身内に死人を出したいサディスト気質でもあるわけ？」

「それこそ『はい？』なんだけど。情報情報ばっかり言ってるから、可哀想《かわいそう》な思考にしかならないわけだ」

「…………」

「……アルくんはね、強くてかっこいいよ」

フラフラと、セシルはゆっくりと起き上がる。

どことなく頬を染め、熱っぽい瞳で、可哀想だと言ったユーリへ口にした。

「怠け癖があって、えっちな男の子だけど……優しくて、約束を守ってくれて、正義感に溢《あふ》れていて、私の理想としてる騎士さんだから。ここで他力本願になっちゃうのは情けないし、お姉ちゃんとして恥ずかしいけど――」

その時、ふと違和感があった。

確かにリーゼロッテの魔法のせいで服は破けてはいる。だけど、ここまで肌寒かっただろうか？

「アルくんは絶対にてめぇみたいな悪党を野放しにしないんだよ、ばーか」

ユーリは思わず頭上を見上げた。

恐らく、そんな行動を取ってしまったのは実力というよりも数多くの修羅場を潜ってきた経験に基づく勘みたいなものだろう。

咄嗟に、七色の髪を携えた少女は『純真無垢』の力を引き出した。

「マ、マ、マリーは綺麗な体でいたいッ！」

その瞬間、頭上から一直線に巨大な氷の柱が勢いよく降ってきた。

もしも数秒でも口にするのが遅ければ、巨大な氷の柱に押し潰されていたことだろう。

「……てめぇ、姉さんにまで手を出したのか」

現れた声は、トーンを落とした低いもの。

ありありと怒りが伝わってくる声音は、少年のものであるとすぐに分かった。

「……いいね」

パリン！　と。氷の柱が割れてユーリが笑みを浮かべて姿を現した。

「いいねいいねっ！　魔力《データ》にないよこんな演出！　これはメインディッシュ級の経験値《データ》が手に入りそうだッ！！！」

ユーリの嬉々《きき》とした声が静まり返った辺りに響き渡る。

しかし、そんな声を無視して……立ち上がったセシルの前へ、いつの間にか一人の少年が姿を現していた。

「躾《しつけ》をしてやる。それはもう、僕の大事な人達にした全てを百倍返しで」

公爵家の面汚し。一人の姉が想《おも》いを寄せる弟。

誰もが知っている共通認識の中での異端児《バケモノ》が、共通認識外の悪党に向かってゆっくりと拳を握った。

◆◆◆

アルヴィンは、今この現状のことをよく分かっていない。

何故ユーリが高笑いを見せているのか、何故髪の色が七色なのか、周辺に浮いているあの球体はなんなのか。

さっきまでレイラと戦闘していたアルヴィンにとって現状はよく分からないことばかりであった。

しかし、だとしても。

自分の大切な姉が傷つけられている時点で、アルヴィンの敵であることは明確だった。

故に、なんの事情説明もなく。

両者それぞれが前触れもなく、一斉に屋根の上を駆けていった。

「マリーは怒っているからこの拳で殴りたい」

互いに手が届きそうな距離まで近づくと、ユーリはアルヴィンに向かって拳を振りかざした。

あまりにも素人臭《しろうとくさ》いモーションだ。アルヴィンだけでなく、少し武術を齧《かじ》ったことのある人間であれば誰にだって避けられるぐらい隙が多い。

とりあえず、アルヴィンは身を屈《かが》めて軌道から逸《そ》れ、己も拳を握る。

武才に溢れるアルヴィンが、こんなただのパンチを避けられないわけがない……はずだった。

「ッ⁉」

気がつけば。本当に気がつけば。

いつの間にかアルヴィンの頬に明確な痛みが走った。

何が起こったのか分からないアルヴィンは反動で身を反らしながらも、反射的にユーリの顔面へ蹴りを放つ。

「マリーは綺麗な体でいたい」

ガゴッ、と。アルヴィンの蹴りが直前で弾かれる。

そして続け様に、アルヴィンの鳩尾《みぞおち》へと代わりの蹴りが突き刺さった。

「んー……やっぱり『純真無垢』じゃ、男の子と戦うにはちょっと無理があるかなぁ」

アルヴィンが蹴られて後ろに下がっている間、ユーリは浮かんでいる球体を手に取って胸に当てた。

「貯蔵庫開示――『来訪者』センシア、抜粋」

一歩、ユーリが屋根の上を踏み締める。

その瞬間、アルヴィンの立っていた足元に鋼鉄の雨でも降ったかのように穴が開いた。

「アルくんっ！」

傍《はた》から見ていたセシルが思わず少年の名前を叫んでしまう。

己も食らってしまった魔法だったからか、その強力性故に身を案じてしまったのだろう。降ったかのように……と表現したが、結局のところ『来訪者』が扱う魔法は過大な重量を何度も地面に押し当てているだけである。

そのため、穴が開いたのは重量に耐え切れなかったから。もちろん、エリアの中にいたアルヴィンも同様に重量が与えられ――

「こんなもんかね？」

ユーリが崩れた屋根の下を見てつまらなそうに呟《つぶや》く。

「あれぐらいの魔法を撃ってきたから評価を改めたわけだけど……結局のところ、君もそこにいる凡人ちゃんとステージは変わらないのかな？」

そう口にした時だった。

「お？」

不意に下から伸びてきた手がユーリの足首を摑む。

「この程度で終わるとでも？」

「あはっ☆」

アルヴィンは摑んでいた足をそのまま横薙《な》ぎに振るった。

摑まれた人間がどうなろうと関係ない。本気で、何かしらの競技でもしているかのように、ただただユーリをぶん投げる。

「いいねっ！　今の、どうやって耐えたの⁉」

一度身を転がし、足で踏ん張ることによってユーリは立ち上がる。

「別に？　単にそこまでの威力じゃなかったってだけだし」

穴が開いた場所から、アルヴィンはゆっくりと姿を見せる。

瓦礫《がれき》によって切れてしまった額から血が出ているものの、腕を回して感触を確かめている姿は口にした通り大してダメージを受けていないようであった。

思わず、ユーリは口元を緩めてしまう。

「ちょー最高じゃん……可愛《かわい》い顔して丈夫なサンドバッグとか、経験値溜《た》まり放題じゃね⁉」

ユーリは獰猛《どうもう》な笑みを見せながらもう一度、球体を掴んだ。

「貯蔵庫開示――『万人』シュレイ・キーマン、抜粋！」

ふと、アルヴィンの背筋に悪寒《おかん》が走った。

どうしてか分からない。ただ反射的に、指が鳴った音が聴こえたのと同時に背後へと巨大な氷の壁を出現させる。

しかし、その直後――氷の壁に穴が空き、アルヴィンの体に重たい衝撃が叩《たた》き込まれた。

（これは……ッ）

いつかどこかで味わったような攻撃。氷の壁では防ぎきれない魔法。

アルヴィンの脳裏に、金色の髪を携えた修道服の少女の姿が浮かび上がった。

そう、これは――

「『指弾』の禁術は『万人』の固有魔法《オリジナル》から始まったとされるんだぜ、勉強になったろ♪」

レイラとの戦闘で負った傷を抉《えぐ》るように、満遍なく叩き込まれた衝撃はアルヴィンの体を容易に家二つ分の距離を吹き飛ばす。

セシルは飛んでいった先を見て思わず声を上げそうになった。何せ、あのアルヴィンがまさか一方的にやられるなんて……そもそも、アルヴィンがやられる姿を、まだセシルは見たことがなくて。

心配、不安、焦燥。それらがセシルの胸の内を占め始める。

（だ、大丈夫……！）

セシルは衝動的に両手を祈るようにして握った。

（アルくんを、私は信じてるもん！）

そして、それに呼応するかのように――

「……なるほど」

吹き飛ばされた先で立ち上った土煙の中から、アルヴィンがゆっくりと姿を現す。

「大体分かった」

「何が？」

一人飄々《ひょうひょう》と立つ少女が、小馬鹿にするようにアルヴィンへ視線を向ける。

「今のところ手も足も出てないけど、何が分かったって言うんだし。お姉ちゃんの前で見栄《みえ》を張りたいっていう気持ちは分かるけど、過度な挑発は身を滅ぼすだけだぜ？」

今のところ、アルヴィンはただただ耐えているだけだ。

ユーリが繰り出す魔法の全てを受け切り、守りの姿勢に回っているだけ。今の現状だけで言うと、あまりセシルと変わっていないように思える。時間の問題で、これ以上誰の助けもなさそうな危機的な場面にしか見えない。

「言ってろ、クソアバズレが」

アルヴィンは目を据えたまま地を駆けた。

一直線に、なんの伏線もモーションも張っているようには見えない様子で。

「あはっ！　元の顔の女の子に謝った方がいいぜ、弟くんっ！」

乾いた指の鳴った音が聴こえたような気がした。

それと同時に、アルヴィンの体がもう一度後方へ吹き飛ば――

「はァ!?」

――されることなく、氷の破片だけ残して粉々に砕け散った。

「分かったことがあるんだ」

ゾクッ！　と、ユーリの背中に強烈な悪寒が走る。

反射的に背後へと振り向く。すると、何故《なぜ》か頬へ鋭い一撃が叩き込まれた。

「がッ!?」

「君の魔法はよく分からない」

いつの間にか背後に現れたアルヴィンが、ユーリの腹部へ蹴りを叩き込む。

「色んな種類があるし、全てが固有魔法《オリジナル》に匹敵するものだと思う。けど、その球体を胸に当てなきゃそもそも種類の変更ができないんでしょ？」

ユーリの魔法は、あくまで他人の魔力《データ》を己の体に取り込むことによって『成る』ものだ。

無論、取り込んだ魔力《データ》を維持したまま更に他人の魔力《データ》を残すことができるが、それは比率を低くして他が入り込む隙を残しているに過ぎない。今、ユーリという少女の顔を維持しているのがその証拠だ。

しかし、各人の魔法まで扱えるような魔力《データ》はキャパシティが大きすぎる。故に、何度も出し入れをしなければユーリはそもそも魔法を扱えない。

「だったら、その行為ができないよう攻めまくればいい」

顔、足、胸、腹……いくつもの殴打《おうだ》がユーリに浴びせられる。

もしも、今取り込んでいる魔力《データ》が『武神』であれば、こんな打撃を浴びることはなかっただろう。

だが、今あるのは『万人』。『武神』ほどの体術を持ち合わせているわけではない。

「だ、けど……私にはまだ『万人』があぁぁぁぁぁぁぁぁぁぁぁぁぁぁばッ⁉」

「十点」

ユーリが指を動かした瞬間、アルヴィンの拳がユーリの顔面に叩き込まれる。

「今持ってる魔法だって、指を鳴らさなきゃ行使できないでしょ？　結局は、これって僕が君の懐《ふところ》に入った時点で詰将棋なんだよ」

指を鳴らす隙もない。単純に、受け身も取れないほどの殴打がユーリの体に浴びせられる。

これも、アルヴィンが誰もが知っている共通認識内での天才だからだろう。ここまで流れるように連打を行うのは、きっと並の騎士でも難しいはずだ。

「君がどれだけ凄《すご》い魔法をいくつも扱えると言っても、所詮は魔法士。僕に懐に入られた時点で負けなんて確定してる」

「そん、な……わけ」

「試してみる？」

殴打の中、ユーリは全てのガードを捨て切って宙へ浮かぶ球体をようやく摑んだ。

しかし、それも両手がアルヴィンに弾《はじ》かれたことによって胸に触れることはできなくなる。

「詰将棋ってさ、手順さえ合っていれば必ず勝つように作られているんだよ」

どれだけ難しかろうが、手順が多かろうが、詰将棋と設定されている以上必ずどこかに勝ち筋が見えている。

どこにも勝機が落ちていないと思うようなものでも、遊戯《ゲーム》として成立しているのであれば必ず勝つ……元より、そういう遊戯《ゲーム》なのだ。

「見た目の派手さに騙《だま》されなきゃ、それこそこんなもんだよ」

「〜〜〜ッッッ！！！？？？」

「可愛いお洋服をいくら持ってても、着る機会がなければ意味がないよね」

もう何度アルヴィンからの攻撃を浴びたことか？　ユーリの体にはところどころ痣《あざ》ができてしまっており、徐々に視界までが薄くなり始めてきている。

滅多に味わったことがない感覚。この魔法を編み出してから、体感することのなかった痛み。

それらが、たった一つの好奇心から始まった現在に全て味わえてしまっている。

(……あぁ)

薄れ行く視界の中、ユーリはどうしてか口元を緩めた。

(さいっ、こう)

腹部に一撃蹴りをもらいながら、ユーリは宙に浮いた球体へと手を伸ばす。

もちろん、アルヴィンの拳が的確にユーリの手を弾き球体は掴めなかった。しかし、それでも。ユーリは笑ったまま叫ぶ。

「こんな経験値《データ》は初めてだしっ！　可愛い弟くん、ちょー感謝！」

少しだけ、体を後退させる。

殴られた勢いを借りて、もうあまり力が入らない足をなんとか踏ん張って。そして、さりげなく背後に動かした球体に自らを当てに行く。

「貯蔵庫、開示――――『純真無垢《むく》』、アリス……抜粋」

殴打を叩き込まれながら、ユーリは言葉を紡《つむ》ぎ終える。

こんな体験は今までにしたことがない。『愚者の花束』という禁術を扱う悪党の集団に潜り込んでいた時も、研究に費やしていた際に生じた戦闘でも、こうして追い詰められることはなかった。

ユーリにとって、魔法で生じる結果は全て貴重な情報《データ》だ。

集めれば集めるほどより精密になり、糧《かて》になり、進化を促す材料となる。

今この瞬間、追い詰められている現状も己を成長させる経験値《データ》。失敗は成功の母……そう、だから大丈夫。

「マ、い、い、い、リーは綺麗な体でいいたい！」

殴打の雨が止《や》む。蹴りを叩きつけようとしたアルヴィンが大きく仰《の》け反《ぞ》り、何十発目か分からないタイミングでようやくユーリが息をつける間になった。

「最高……もうっ、最高だよアルヴィン・アスタレア。こんなにも凄い貴重な経験値《データ》が手に入るなんて思いもしなかったよ」

フラフラと、薄れていく視界をアルヴィンに合わせながら口元の血を拭う。

「一回休憩ね。そしたらまたやろう！　だってこのまま終わらせるのはもったいないよね？　そうは思わないでしょぉおおおおおおおおおかぁぁぁぁぁぁぁぁぁぁぁぁぁ！！！？？？」

『純真無垢』は小さな女の子に対してつけられた名前だ。

何も知らない無垢な少女が己の感情を無自覚に引き出して、願望を体現させる魔法。簡単に言ってしまえば、少女の我儘《わがまま》に相手を必ず付き合わせるものである。

故に、綺麗なままでいたいのなら綺麗なままに。怒っているのであれば、解消させるために拳を。

そういった魔法。ある意味強力で既存の魔法の概念を越えた脅威。

しかし――――

「だから、詰将棋なんだって」

アルヴィンはゆっくり一歩踏み出すと、そっとユーリを抱き締めた。

「は？」

「もう、これで王手だ」

ふと、ユーリの体温が急激に下がったような感覚を覚えた。

いや、ような……ではなく、間違いなく下がっているのだろう。抱き締めている少年の口からは白い息が零《こぼ》れており、視線を下に動かせば己の足元が透明な氷に覆われていた。

「発言に真実味を持たせる魔法？　それとも、発言を優先する魔法？　まぁ、どっちでもいいけどさ……綺麗な体のままいたいんだったら、そうさせてあげるよ」

「ちょ、ま……ッ！」

「次に目を覚ます時は、固い鉄格子《てつごうし》の中なのでよろしく」

動けない。動かそうとしてもアルヴィンの体ががっちりとホールドしてしまっているし、そもそも徐々に体を覆い始めている氷がユーリの思考を奪っていってしまっている。

もし、冷静な思考がこの段階で維持できていたのであれば、『純真無垢』な少女の発言で抜け出せたことだろう。だが、多大なダメージを負った今の体と、妙な心地よさが発言の停止を促していた。

その代わり――

「は、ふひっ……」

最後の抵抗なのか？　ユーリは抱き締めているアルヴィンの首筋へ己の唇を押し当てた。

「いい経験値《データ》をくれた少年には美少女からご褒美《ほうび》をあげにゃいとね」

「……いらねぇよ」

「そう言うなって、うぶなボーイ」

そして、ユーリは天に視線を上げてこう言い切った。

「満足……以上」

もう、これ以上の発言はなかった。

ユーリの体は透明な氷に覆われ、発言に齟齬《そご》をきたすことなく綺麗な体のまま停止する。

七色の髪が薄暗い街灯に照らされ、妙に輝きだけを残していた。

アルヴィンはユーリが動かないことを確認すると、あと腐れもなくユーリに背中を向けた。ゆっくりと、足を動かして。屋根を飛び越えて、誰かの前へ降り立つ。


「……お疲れ、アルくん。かっこよかったよ」

「ありがと、姉さん」


本当に最後の最後。

禁忌の手前で押し止《とど》められた脅威は、ここで猛威を失う。

誰もが知っている共通認識の中の異端児《バケモノ》が、この一件の幕を強引に下ろしたのであった。

エピローグ

――あれから一週間が過ぎた。

ここではユーリと呼んでおこう。『五《フィフティー》分五《フィフティー》分』という麻薬を作り出した少女は無事に捕まり、ようやく麻薬に対抗する薬を作ることに成功した。

これに関しては、麻薬を作った張本人であるユーリ自身が協力的に麻薬に関する情報と対抗薬の作り方を国に提供したことが大きい。どうしてそんなに素直に提供してくれたのか？　ユーリ曰《いわ》く「約束だし」とのこと。その場に立ち会っていない人間には分からない発言ではあったが、薬が完成したことには変わりなかった。

しかし、薬を服用できるのは『中毒』にまで届かなかった服用者だけ。タガを外すだけの魔法であったが故に、何度もユーリの魔法を受け入れて染まり切った人間はどうしようもないらしい。要は、廃人は廃人から元には戻せない。

そのため、今回の『五《フィフティー》分五《フィフティー》分』に関する被害者はかなり多く出てしまった。元より服用からほぼ必ず中毒に至る麻薬だったため、助かった人間の方がかなり少ない。そう考えると、かなり後味が悪い終わり方だったとも言えるだろう。

しかし、助けられた人間もいたのは事実で――


「どう、調子は？」

とある病室の一つ。

そこで、アルヴィンは椅子の上に座りながらベッドで体を起こしている少女に尋ねた。

少女は赤色の髪を小さく揺らして、心配する少年へと苦笑を見せる。

「皆心配してくれているけど、大丈夫よ。ソフィアが大事になる前に治療してくれたおかげだわ」

「そっか」

アルヴィンはレイラの言葉を聞いて胸を撫《な》で下ろす。

あの一件で、唯一騎士団や魔法士団の中で『五分五分《フィフティーフィフティー》』を服用してしまった被害者。

だからこそ、無事に戻ってきてくれたことが本当に嬉《うれ》しい。

しかし――

「……なんで、皆私のことを心配してくれるのかしらね」

レイラがポツリと、病室の窓に映る外の景色を眺めながら零す。

「あんなに迷惑をかけたのに」

唯一の、被害者で加害者。

タガが外れ、才能を編み出してしまったが故に多くの人を巻き込んでしまった。一般市民を使い、騎士団を襲わせ、最終的には知り合いを殺そうとまでしていた。被害者ではあるだろうが、この事実は間違いなく許されるものではない。

幸いにしてアルヴィンが早急にレイラを止めてくれたから被害者は出なかったが、それで己がした行いが不問になるかどうかは別の話だ。

なのに、ここを訪れた騎士団の面々は皆レイラのことを心配していた。

これが、レイラの中での疑問。罪悪感に苛《さいな》まれる原因である。

「……そりゃ、レイラが悪くないって皆が思ってるからじゃないかな」

「…………」

「レイラのお姉さんの反応を見たでしょ？　ほら『こんな才能があったとは！　おい、魔法士団に来い！　今から異動届を持ってくるからな！』って。自分が操られていたのに、相変わらずな人だよね」

はっはっは、と。アルヴィンは笑いながらベッド脇に置いてある林檎《りんご》を手に取って剝《む》き始める。それも、自身の魔法で作った氷の包丁でだ。何かと便利である。

しかし、そんなアルヴィンとは正反対にレイラの顔は沈んでいるように見えた。やはり、周囲の反応よりも己のしたことに対する罪悪感の方が強いのだろう。

「……私、あなたにもソフィアにも皆にも酷《ひど》いことをしたわ」

「だから、別に大したことじゃないんだって」

「で、でも……ッ！」

「でもじゃない」

ここで強く、アルヴィンの否定が向けられる。

そのせいで、レイラが言葉に詰まって押し黙ってしまう。

「そりゃ、酒に酔ってしたことがなんでも許されるわけじゃないよ。男が酒飲んで女性のスカートの中に手を突っ込んだことを酒のせいにはできない……けどさ、レイラは自分から進んでお酒を飲んだわけじゃない。どういう経緯で服用させられたのかは分からないけど、事故を責めるほど僕達も鬼じゃない」

「………」

「それに、結局誰も怪我《けが》しなかったじゃないか。逆に、一番怪我してるのはレイラだけどね」

これを言われてしまえば、もうレイラは何も言えない。

誰も傷ついておらず、一番迷惑をかけて体を張らせてしまったアルヴィンが「お咎めなし」と口にしたのだ。これ以上の否定は、流石《さすが》のレイラも逆に迷惑をかけるのだと分かる。

それでも申し訳なさがあるのか、少しだけ無理に「ありがとう」と笑みを浮かべていた。

「それより、僕としてはあの時にレイラが言っていた言葉の方が気になるんだけど……」

「……それをこのタイミングで言う？」

「し、仕方ないじゃん！　公爵家の面汚《つらよご》し十五歳童貞はまだ婚約者も恋人もいたことがないピュアっ子なんだよ⁉」

そう、アルヴィンは今までの噂《うわさ》のせいで浮《う》わついた話など一度も挙がっていない。

年頃も年頃だ。そういう話には興味があるし、恋愛をしてみたいと思うのは普通のはず。

まぁ、過剰に好意を寄せてくれる姉がいるにはいるが、むしろ姉のせいで周りが寄ってこなかった節があるが、それはそれ。身内関連は一旦スルー。

そう、だからこそ思わず拳を握った時に聞いた話が耳から離れない。アルヴィンとしては、下校途中に教室でこっそり女子達が話す自分の話題を聞いてしまったようなものなのだ！！！

「い、いや……でもよく考えれば、あの時のレイラは『五分五分《フィフティーフィフティー》』のせいでおかしくなっていたわけだし、きっと勘違いだよね」

そして、経験不足が故にアルヴィンは真実だとは思わない。

聞いてしまった気恥ずかしさから、リンゴを剝《む》く手が加速す——

「勘違いじゃないわよ」

「へ？」

「私は、あなたのことが好き」

ポトリ、と。リンゴがアルヴィンの手から落ちる。

焦《あせ》って慌てて拾おうとするものの、情けなく手が滑ってベッドの下に入り込んでしまう。

「……マジ？」

「でなければ、そもそもあなたのために色々してこなかったわよ」

言われてみれば、と。アルヴィンはこれまでのことを回想する。

よくよく考えると、確かに自分のためにここまで尽くしてくれてなんの感情も抱いていない……という方が不思議な話だ。

今更ながらに気がついて、アルヴィンの顔が赤く染まる。

「……でも、別に今すぐ答えがほしいわけじゃないわ」

「そ、そうなの……？」

「元より、私はあなたの横に立てるまで努力するつもりだったもの」

それが、今回の『五分《フィフティー》五分《フィフティー》』のせいで崩れてしまった。

胸の内に秘めていた想《おも》いと不満が、タガが外れた影響によって露呈。言うつもりのなかった感情が、台無しになるところまで吐き出された。

レイラの「つもり」というワードにそこまで理解したアルヴィンは、なんとも言えない難しい表情になる。

しかし、そんなアルヴィンを見てレイラはクスリと笑った。

「ふふっ、けど安心して。そこまで悲観するようなものでもないわ」

「え？」

「……きっと、『五分五分《フィフティーフィフティー》』がなければ想いなんて伝えられなかったし、いつまでも女々しく横に並ぼうとしていただけだわ」

それに、と。今度はからかうような笑みを見せる。

「特別な人って言ってくれただけで、今の私は満足だもの」

「ッ⁉」

「うん、これでいいわ」

顔を真っ赤にするアルヴィンを他所《よそ》に、レイラは窓の外の景色に視線を移しながらどこか満足気な表情を浮かべた。

先程の罪悪感など微塵《みじん》も感じさせない。病室という場所ではあるものの、今のレイラは

「もう大丈夫だ」と、思わせるような雰囲気がある。

だからか、アルヴィンは赤くなった頬を掻《か》いて徐《おもむろ》に立ち上がった。

「……それじゃ、僕はそろそろ行くよ。お見舞いの時間も限られてるわけだしね」

「だったら、さっき落としたリンゴを拾ってから行きなさい」

「……へーい」

せっかく上げた腰を屈《かが》めて、アルヴィンはベッドの下に転がったリンゴを拾う。

その時、レイラが何故《なぜ》かアルヴィンへ手を差し出した。剥きかけのリンゴをくれ、とでも言っているのだろうか？　だから、アルヴィンは拾ったリンゴをレイラの手の上に置く。

すると――

「これぐらいは許してね」

勢いよく手が引かれ、頬を柔らかい感触が襲った。

「んなっ⁉」

油断していたからか、アルヴィンは反射的に飛び退《の》いて頬を押さえる。

今の感触……これが何かなど、流石のアルヴィンも疑問には思わない。口元に手を当て、嬉しそうにしているレイラの顔を見れば、もう一目瞭然だ。

「覚悟しておきなさいね、アルヴィン……私の攻勢、意外と強いわよ？」

引いたと思っていた熱は再びぶり返して。

アルヴィンは逃げるようにそそくさと背中を向けて病室から出て行った。

そして——

「……アルくんが他の女の子にキスされてた」

「うぉっ⁉」

今度は病室の外で待っていたセシルが、何故か頬を膨らませていた。

「いたの、姉さん⁉」

「そりゃ、女の子と二人きりなんていても立ってもいられないよ！」

「流石にこの時ぐらいは見逃してほしかった……ッ！」

仲間のお見舞いなんだけどと、アルヴィンは嘆いた。

しかし、セシルが思っていたようなことになっていたので、来て正解だったと言えば正解だろう。

「はぁ……姉さん、お見舞いしなくてもいいの？」

「うーん……明日会いに行くよ。積もる話もあるだろうからね」

なんのことだろう？　アルヴィンは思わず首を傾《かし》げた。

それを見て「鈍感ボーイめ」とセシルが愚痴ると、そのまま廊下を歩き出す。

「レイラちゃんは、大丈夫そう？」

「うん、薬が効いてるからしばらく安静にしていれば大丈夫だろうって。それと、なんでか固有魔法《オリジナル》はそのまま使えそうなんだとも」

「怪我の功名だねぇ～」

「まぁ、それぐらい褒美《ほうび》がないとレイラが可哀想《かわいそう》だよ」

これから、レイラの環境は高まることだろう。

騎士というポジションに居続けるのかは分からないが、固有魔法《オリジナル》が扱える人間は貴重だ。どこに行ったたって重宝されるし、いい待遇も受けることになる。

更に言えば、レイラの固有魔法《オリジナル》は他の魔法士《オリジナル》とはかなり毛色が違う。

その気になれば戦争を始めたり国だって滅ぼすことができる魔法……アルヴィンにはクソほど興味もないお偉いさんが放置するとは思えない。

「……ほんと、でも怪我がなくてよかったよ」

安心したような、ホッとした表情のアルヴィン。

優しさからその言葉が出てくる顔を横で見て、セシルは咄嗟《とっさ》にアルヴィンの頭を撫《な》でた。

「い、いきなりなんすか……？」

「言っておくけど、怪我がなくて安心しなきゃいけないのはレイラちゃんだけじゃないいんだからね？」

この一件で、大きく貢献したのはアルヴィンだ。

もちろん、セシルやリーゼロッテも規格外の魔法士と戦闘をし、負傷していた。

しかし、レイラとシリカ、ユーリといった三人と連戦し、皆を助けたのはアルヴィンだ。

一番怪我をしてもおかしくはない人間が無事だったことにこそ、安心を向けて然《しか》るべき。

そこを自覚していないアルヴィンが、セシルは少しだけ不満だ。それでも、そこがいいところだからなんとも言えない。

故に、セシルがすべきことは——

「……お疲れ様、アルくん。今回もありがとうね」

同じような言葉を、以前にも言ったような気がする。

それでももう一度。温かい瞳を向けながら、最愛の弟に対して感謝を告げた。

いつになく真剣に向けられた瞳を受けて、アルヴィンは思わず気恥ずかしさが込み上げてくる。

「……僕は当たり前のことをしただけだし」

「そうなの？」

「うん、まぁ……レイラも傷つけられたし、何より姉さんとの約束があるから」

「……そっか」

セシルは横に並んでいるアルヴィンの頭を撫で続ける。

……ほんと、ズルいなぁ。こういうことをサラッと言うのだから本当にズルい、と。高鳴った胸を誤魔化しながら、気恥ずかしそうにするアルヴィンを眺めた。

そして、セシルは撫でていた手をすっとアルヴィンの顔に添えて。

「だったら、お姉ちゃんも約束は守らないとね」

「なんの……むっ⁉」

突如訪れた柔らかい感触。これは、先程味わったものと同じような気が……いや、違う。レイラの時は頰だったが、今与えられたのは己の唇に、だ。

数秒か数十秒か。端整であどけなさが残る顔立ちが眼前へと迫り、やがてゆっくりと離れていく。

少女は、どこか嬉《うれ》しそうに唇を押さえながら、上目遣いでアルヴィンを見据えた。

「負けないよ、私は……アルくんのお隣は、お姉ちゃんのものなんだから」

そういえば、任務に向かう前に姉と約束をしていた気がする。

ここ最近忙しくて忘れてしまっていたが、今の行為は間違いなくその時の約束なのだろう。

熱っぽい瞳を向け、潤んだ唇を触るセシル。

アルヴィンは、そんな彼女を見て更に顔を真っ赤にし――

「……ここで来るか、ブラコンめ」

「ふふっ、乙女の戦いは火蓋を切られたのだー！」

片手を突き上げ、アルヴィンの腕に抱き着くセシル。

あのような一件があっても、姉の様子は変わらない。

奔放で、明るくて、可愛《かわい》くて……それが何よりも安心する。

だからこそ、アルヴィンは思わず苦笑してしまいながらも、姉弟らしく一緒に横に並んでもう一度歩き出すのであった。

あとがき

初めましての方は初めまして、お久しぶりの方はお久しぶりです、楓原《かえではら》こうたです。

ブラコンの姉の二巻が発売されたということで、こうして読者の方々とお会いできて嬉《うれ》しいです。

さて、今回はWEB版とは少し設定なども異なり、お姉ちゃんではなくレイラ回となっております。

初めはWEB版同様の展開にしようとしていたのですが「やっぱり一巻のキャラクターメインでほしいよね」という話が挙がり、設定等変わることとなりました。

ただ、個人的にもWEB版よりも面白い話になったのでは？　と、実はかなり満足している巻です。

姉力勝負から始まり『五分五分《フィフティーフィフティー》』へ。

二巻では、今思うとコメディ展開が少なかったような気もします。中々お姉ちゃんが弟を襲ってくれなくて物寂しい方もいらっしゃるかもしれません。

バトル多め、イカれた人間も多め。そんな中、大事な人を守るために拳を握るアルヴィン。そして、相棒との恋愛模様。

色々書きたいものも書けて、私ごとですがかなり達成感があります。

あとはお姉ちゃんと結婚させれば完璧……といったところですが、果たしてアルヴィンが素直になれるかどうか（汗）。

もし次があれば、もっと姉との恋愛模様を書いてみたいものです。

最後になりますが、この度は本作をお手に取っていただきありがとうございました。

携わっていただいた福きつね先生や、担当編集、関係者の方々にも深い感謝を。

またもし、次に会える機会があることを心より願っております。

お便りはこちらまで

〒一〇二‐八一七七
ファンタジア文庫編集部気付
楓原こうた（様）宛
福きつね（様）宛

富士見ファンタジア文庫

ブラコンの姉《あね》に実《じつ》は最強《さいきょう》魔《ま》法士《ほうし》だとバレた。
もう学園《がくえん》で実力《じつりょく》を隠《かく》せない2

令和５年12月20日　初版発行

著者――楓原《かえではら》こうた

発行者――山下直久

発　行――株式会社KADOKAWA
〒102-8177
東京都千代田区富士見2-13-3
0570-002-301（ナビダイヤル）

印刷所――株式会社暁印刷

製本所――本間製本株式会社

※定価はカバーに表示してあります。
●お問い合わせ
https://www.kadokawa.co.jp/（「お問い合わせ」へお進みください）
※内容によっては、お答えできない場合があります。
※サポートは日本国内のみとさせていただきます。
※Japanese text only

ISBN978-4-04-075262-4 C0193 ◇◇◇

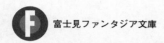

無自覚最強ハーレム！
シリーズ
好評発売中！
妹が女騎士学園に入学したらなぜか救国の英雄になりました。僕《ぼく》が。
After my sister enrolling in Girl Knights' School, I become a HERO.
author.
ラマンおいどん
ill. なたーしゃ
ファンタジア文庫

だって学園の誰より
兄さんのが
強いですから

STORY

妹を女騎士学園に送り出し、さて今日の晩ごはんはなににしよう、と考えていたら、なぜか公爵令嬢の生徒会長がやってきて、知らないうちに女王と出会い、男嫌いのはずのアマゾネスには崇められ……え？　なんでハーレム？

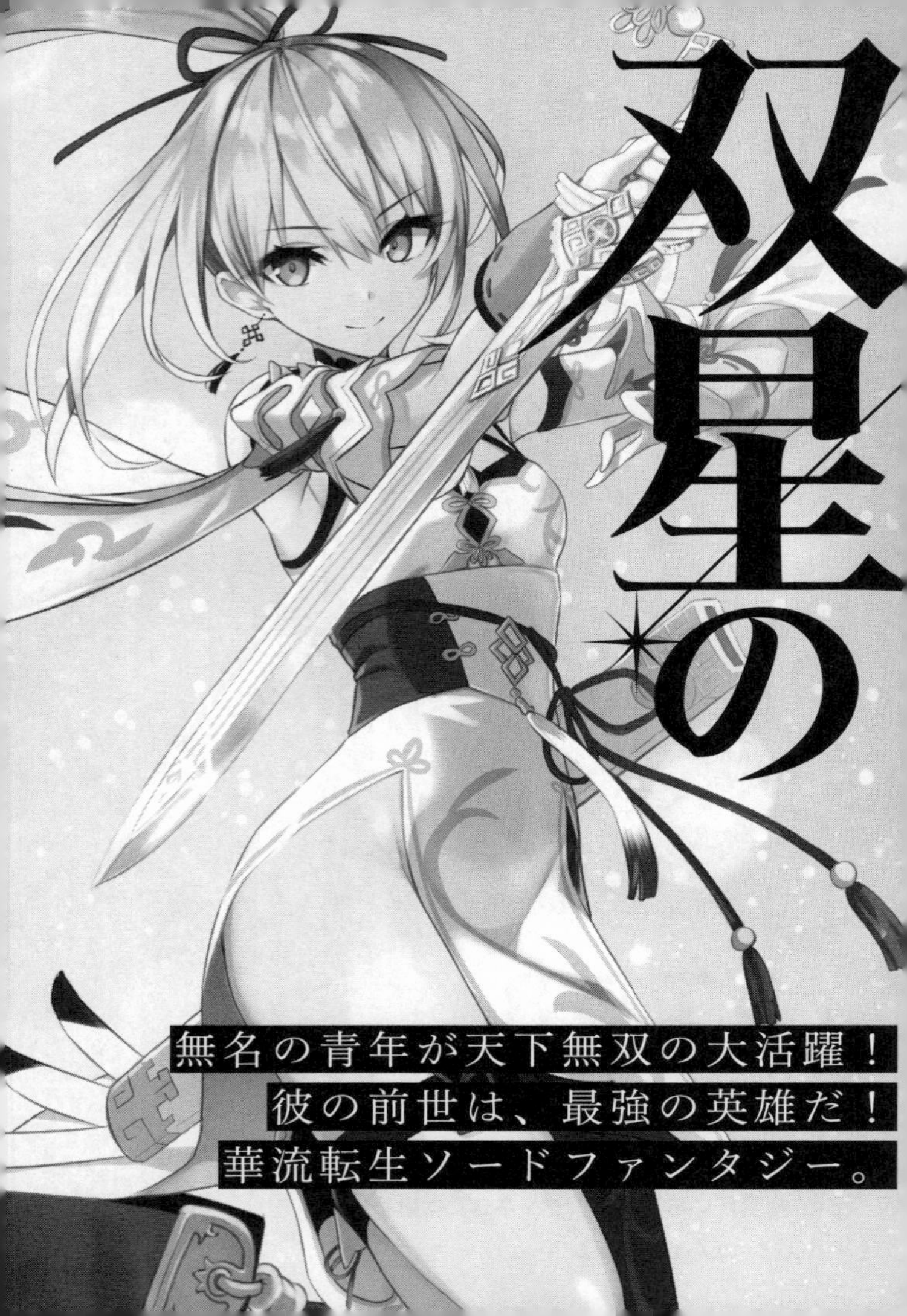
双星の
無名の青年が天下無双の大活躍！
彼の前世は、最強の英雄だ！
華流転生ソードファンタジー。